当代中国手机小说名家典藏

幼秋

李黎力◎著

内蒙古出版集团
内蒙古文化出版社

图书在版编目(CIP)数据

幼狐 / 李黎力著. —呼伦贝尔:内蒙古文化出版社，2012.7

ISBN 978-7-5521-0103-4

Ⅰ. ①幼… Ⅱ.①李… Ⅲ. ①小小说—小说集—中国—当代 Ⅳ.①I247.8

中国版本图书馆 CIP 数据核字（2012）第 176572 号

幼狐

李黎力 著

出版发行 内蒙古文化出版社

（呼伦贝尔市海拉尔区河东新春街 4 付 3 号）

直销热线 0470-8241422 邮编 021008

印刷装订 北京市通州富达印刷厂

责任编辑 丁永才 包文明

封面设计 红十月

开 本 710×1000 毫米 1/16

印 张 11.5 字 数 58 千

版 次 2012 年 11 月第 1 版

印 次 2012 年 11 月第 1 次印刷

印 数 1-5000 册

ISBN 978-7-5521-0103-4

定价：22.00 元

目 录
CONTENTS

小 青

郭掌柜的烧锅作坊开得很大，里里外外雇了十几号人。酒的销路也很好，日子过得很富足。但郭掌柜膝下无子，只有小青一个女儿。

这么一个掌上明珠，打小儿娇惯是不必说了，但小青却没有长成小家碧玉的模样。当然小青也长得浓眉大眼，唇红齿白，不难看。可举止言谈却像个男孩子，少了点阴柔，多了些阳刚。

郭掌柜老两口就拿她当个儿子养着。

镇上有个警察署，署长王大胡子好喝两口，与郭掌柜要好。郭掌柜烧锅溜儿上的好酒王大胡子随便喝。当然了，有王署长的面儿罩着，人们自然也要对郭掌柜高看一眼。

一天，郭掌柜弄了几条开河鱼，就把王大胡子请来喝酒。小青已经十六，长得和大人一般高了。王大胡子喝高兴了，要认小青做干女儿。小青就脆脆地叫了声干爹。又把干爹的酒碗满上，双手举起敬了干爹一碗。王大胡子喜得拉过小青，顺兜里掏出几块大洋塞给小青做认干女儿的见面礼。又调侃地问小青，你从小闻着酒味儿长大，可也能喝两口？小青就瞅着亲爹狡黠地笑，看亲爹也笑了，就脆脆地对王大胡子说，来，干爹！我陪你喝一碗。王大胡子就倒了一碗酒给小青，小青接过来，与王大胡子碰了碗，一仰脖就搁了，居然咋的没咋的。王大胡子乐得连连冲郭掌柜竖大拇指，行，行！将来你老了，就把这份家业传给小青，她保准不比男儿差。

可是小青十八岁那年，郭掌柜两口子突然得急病死了。

小青就真的把父亲留下的产业接了下来。家里外头打理得条条是道，烧锅作坊照常运转。

镇上的人们都很佩服小青。

小青把干爹穿戎装的相片摆在家里。王大胡子也常来看看，要么在这里喝一顿，要么拎些酒回去喝。虽然年头很乱，却也没有什么人敢来找她的麻烦。

王大胡子却动了歪心眼儿，他要讨小青做小老婆。就托了媒人去找小青。

媒人就跟小青说，你跟了王署长，官儿太太当着，吃香的喝辣的。他还能维护你的生意。多好呀！

小青不干。嘁！哪有干爹娶干女儿的，也不怕人笑话！

媒人回了话，王大胡子就有点儿恼怒。侧面一打听，原来小青与家里一个山东来的二十多岁的烧酒师傅好上了。

王大胡子派人把那个山东小伙儿抓去，以反满抗日份子的罪名吊起来，皮鞭子蘸凉水抽了个半死。然后，王大胡子就一个人去找小青，开门见山一句话，你嫁给我，我就放了他。你不答应，明天我就毙了他。

小青说，咱俩比酒。你赢了我就嫁给你。我赢了你就放人。

王大胡子说，行！

一坛酒，两只粗瓷大碗摆到了炕桌上。

一坛酒见底，俩人都没咋的。

第二坛喝下一半，王大胡子脑袋就耷拉到胸脯子上了。

小青摇醒王大胡子，干爹！说话算数！

王大胡子使劲晃晃头，算、啊算——数！

小青搀着王大胡子回到警察署，王大胡子就把人放了。

第二天早起，王大胡子后悔了，又派人来抓反满抗日份子，伙计们都在，唯独小青和那个烧酒师傅不见了踪影。

龙 脉

一个春雨润物细无声的夜晚，黄汉礼老先生把三个儿子唤至睡榻前。先生一辈子给别人看风水，当然要给自己留一块宝地，惠泽子孙。

老先生对三个儿子说，吾大限将至，尔等须尊吾嘱，葬吾时不要棺椁，不着衣裤，直接入土。切记！

第二天早起，儿子们发现老爹已经安静地走了。

儿子们就张罗老爹的丧事。在进行过程中却出现了难题，——老先生是十里八村的名人，来吊唁的人很多。若按先生的遗嘱，赤裸裸地躺在那里实在不雅，儿媳们也不便趋前尽孝。再则，还容易让街坊误会，骂他们不孝。哥儿仨就商量，决定先给老爹穿上一条裤子，待下葬时再褪下来。

三日后，哥儿仨把老爹葬在了他生前曾带领他们来看过的一座山上的一个具体位置。却在忙乱中忘了将老爹那条裤子褪下来。

一月后，紫金山观象台发现了“紫微星冲于牛斗，天有异象”，这预示着将有新的帝王要产生。观象台的官员不敢怠慢，立即飞马呈报皇上。

皇上就派了几拨人乔装到观象台提供的方位来查找。

黄汉礼先生生前曾留话，一年内，村里不论有什么热闹，家里人都不要出去看，尤其是女眷们。

这一天，村里来了杂耍班子，锣鼓喧天，很是热闹。哥儿仨遵照老爹遗嘱，关紧了大门，老婆孩子谁也不让出去。老三结婚不久，媳妇年轻，刚有了身孕，害口，就搬了梯子架到墙上，说是要摘墙角那棵杏树上的青杏，实则她是想顺便瞧瞧墙外的热闹。

坏事就坏在老三媳妇身上了。

她穿着孝服，被乔装的宫里人发现了。

黄汉礼的墓被官家人掘开了，村民们也都闻讯前来观看。却不见尸首。诧异间，有人发现了一个洞，就顺着洞掘下去，掘了有二里路，在一条河边的沙滩上找到了黄汉礼，人们发现，他的身上已经长满了龙的鳞片，臀部以下已经蜕变成龙尾形了，只是那条裤子还留在脚踝处，两只脚还是人的脚。

忠 告

刘家在靠山屯是大户，有良田数百亩，有两挂让村人眼热的四匹马拉的胶轮大车。家中还有牛羊无数，日子过得很殷实。但刘家只是在农忙时雇几天短工，平时都是刘老汉领着五个儿子侍弄地里的活儿。套用一句现在的话，那就是勤劳至富。

五个儿子都娶了媳妇，生儿育女，仍住在一个大院里。刘老汉为人正直、善良。他当家主事，全家大大小小几十口子没有一个不服的。

刘家院子后面有一个大草垛，草垛下面住着另一户“人家”——黄鼬。当年，曾有一只不懂事的小黄鼬咬死了刘家的一只小鸡雏，刘老汉老伴儿就拎着那只死鸡雏来到草垛边，叨咕了几句，把死鸡雏扔下走了。傍晚，就见那只死鸡雏旁边又多了一只也是被咬死的小黄鼬。这让刘家人感到震撼、敬畏和神秘。于是，刘老汉领着儿子们在草垛后面挨着院墙盖了一溜小房子，里面摆了一张地八仙桌，逢初一十五，便燃一炷香，摆上些供品和酒。那草垛上的草原本是用来烧火做饭的，也就尽量不用了，而且每年还割些新草来苫在上面。多年来，刘家与“黄”家和睦相处，相敬如宾。

这一年冬天，国军投入了美式的飞机大炮在这块黑土地上与共军决战，那段日子，一会儿传说国军胜了，一会儿又传说国军败了，人心惶惶，老百姓都猫在家里不敢出来。

这天夜里，刘老汉做了一个梦，梦见一个仙风道骨的白须老者与他说，世道要变了，我家也要搬走了。感君多年以礼相待，无以回报，仅留一句话与君，切记：散财免灾！

刘老汉醒来，再也没睡，他反复地琢磨着老者的那句话，天放亮时，他有了主意。

吃了早饭，刘老汉把儿子们喊来，吩咐他们套上马车，装上米面和猪肉粉条子，挨家挨户给村民们送去。战争年代，兵荒马乱，穷人们都是在饥寒交迫中度日，突然得了刘老汉的救济，心里自然对他感恩戴德。

开春儿，共产党的土改工作队开了进来。一时里，打土豪，分田地，闹得轰轰烈烈。邻村有两个土地还没有刘老汉多的地主都被“镇压”了。

刘老汉是靠山屯毫无疑问的大地主，但土改工作队几经鼓动，人们终是对刘家人恨不起来。最后，刘家只被分了浮财，得以保全了身家性命。

接 生

民国十六年，潍坊出了一对青年夫妇名医。他们都是在日本留学回来的，男的叫陈洪鳌，女的叫夏兰。他们在国外学的是西医。学成回国后，正赶上国内动乱的年月，两口子就开了个诊所谋生。

陈洪鳌学的是外科，夏兰学的是妇产科。小诊所，大的手术做不了，中小手术陈洪鳌都做得很利索，很成功。当然，这里面也有夏兰的功劳，陈洪鳌做手术时，夏兰就给他当助手。夏兰经营的妇产科也颇有建树，当时中国还很落后，一般生孩子，都找“老娘婆”，就是土法接生的女人。但遇难产，老娘婆累得满头大汗对付不了啦，就会说，去找夏兰吧。夏兰接生陈洪鳌可就帮不上忙了，那会儿人们还很封建，男人是不允许进产房的。夏兰就自己干。她也确有一套，对于倒生、横生（难产）她都很有办法，她会转胎，通过她那双白皙柔嫩的手，就会让产妇减少痛苦，把不好生的孩子安全地生出来。

渐渐地，这两口子在潍坊城里就出了名。

一个夜晚，闲来无事，陈洪鳌与夫人弈棋，楚河汉界，连杀了好几盘，各有输赢，互不服气，午夜时分仍在鏖战。

这时，门被扣响了。

陈洪鳌打开了屋门，进来的是一位白面书生，他一脸焦急，说是夫人难产，要请夏兰去接生。

医者仁心，夏兰虽有些倦意，还是爽快地答应了。

出得门来，但见一顶很气派的轿子正等在门口。夏兰就上了轿子，须臾，轿子停在了一座毫宅门前。

夏兰下轿，随白面书生进入内室。但见室内檀木家具古色古香，空气中有暗香拂面，来至产床前，见众婢女环绕的产妇是一位娇媚的女人，腹部高高地挺着，虽遭遇难产的痛苦，却仍不忘对夏兰微笑着颔首致意。夏兰看得出来，这是一位大家闺秀。

夏兰进入工作状态，运用自己娴熟的技术为产妇接生。

可是令她诧异的是，这女人太能生了——一个、两个、三个、四个，接到第五个的时候，夏兰感到了异样。但她还是不动声色地完成了工作。

白面书生对夏兰感激万分，亲自送夏兰回府，奉上了优厚的酬金。

夏兰是个有心计的女人，离开白面书生的府邸大门时，她说她着凉了，装做咳嗽，打喷嚏，擤鼻子，把一方手帕漫不经意地丢在了门外。一路上，她又咳嗽，打喷嚏，手帕没有了，她就打开诊包，把接产时使用的纱布拿出来擤鼻子。然后随手丢到轿外。就这样一路留下了痕迹。

第二天一早，她催丈夫起来，说了昨夜接生遇到的蹊跷事，两人就雇了轿子按昨夜留下的痕迹一路寻去，最后，在一座大山脚下，她看见了自己丢下的手帕。但见那云雾飘渺的半山腰隐约显露一山洞，正观望间，一羊倌赶着一群羊来至面前。

夏兰问：老乡，半山腰那洞是什么洞？

羊倌答，狐仙洞。

哦！夏兰与陈洪鳌目光相接，同时点了点头。

品箫

张生自幼聪慧，读书用功，乡试却屡试不中。他本家室贫寒，却心高命舛。二十岁之后，他有些心灰意冷了，便扔了书本，白日里做些农活维持生计，晚上靠吹箫来排遣心中的块垒。

张生本来在村里有一个两小无猜的红颜知己，叫毛桃。毛桃的父亲原来也很喜欢张生，希望他考中了做官自己也跟着沾光。如今看张生没有什么出息，就擅自做主把毛桃嫁给了一个盐商。这无疑是在张生尚未结疤的伤口上洒盐，张生因此痛苦不堪。

在乡下，收了麦子之后，麦秸也要收回来做烧柴。在月高风清的夜晚，张生就常坐在场院里的麦秸垛下吹箫。这里没有人打扰，肃静。

张生吹箫有个习惯，他沉浸在音乐之中时，往往闭了眼，他吹奏的乐曲也不是现成的曲子，他只是随着思绪信马由缰地用箫来排遣自己的心情。

这一晚，没有月，星却繁。张生吃罢晚饭，喝了一杯清茶，临了一会儿帖，就拿了箫，来到麦秸垛旁坐下，很投入地吹了起来。

吹罢一曲，张生张开眼，见身边坐了一些人在静静地听他的箫声，这让他很感动。他就又闭了眼，继续吹，把胸中诸多对世事的感慨都通过幽怨的箫声表达了出来。

再次张开眼，见身边的听众有增无减，张生就更感动，就继续很卖力地吹下去。

雄鸡唱白时，张生再度张开眼，身边的听众却一个也没有了。

这让张生蓦然警醒，刚才那些面孔没有一个是熟悉的，难道他们不是人？是鬼？

那么，为什么鬼喜欢听人间的音乐呢？

难道只有鬼才能理解人世间的悲欢离合吗？

神 枪

早年间，登州府招远县有个猎户叫杨登。此人枪法准、酒量好、胆子大，为人豪爽仗义，深得当地民众爱戴。

一日，杨登正在家午睡，忽被雷声惊醒，这雷声不是响雷炸雷，而是发怒的隆隆声，好像就在他的屋顶上盘旋。杨登头皮一紧，难道是自己杀生太多，天老爷找上门来了？

杨登披衣出得门来，仰脸看天，想，该死该活屌朝上。来吧！

可是雷并没有劈他，却仍在他头顶上隆隆地磨着。杨登心里琢磨，看来不是劈我，但雷要劈的东西肯定就在附近。他就拿眼梭巡。

杨登的屋后有一棵大槐树，是杨登的爷爷栽下的。杨登来到树下，发现了雷要劈的目标——原来是一只老黄鼬头顶着一块女人经期用过的骑马布躲在树上随着隆隆的雷声在转悠。杨登明白了，雷要击的就是它，但它头上顶着的脏东西让雷公下不了手。

杨登回屋取来猎枪。一枪就把那个老黄鼬打了下来。杨登的枪响时，雷也几乎是同时炸响了，巨大的冲击波把杨登造了个腚蹲儿。待他从地上爬起来，蓦然发现自己的枪托上被雷公刺上了四个字：神枪杨登。

这下，杨登的名气更响了！

一天，杨登去邻村的朋友家吃酒，往回赶时已是月上中天时分。走着，就见前面出现了一座很气派的庄园。一白须老者在庄园大门口迎住了杨登。面露喜色地说，吔！这不是神枪杨登吗？老夫仰慕久矣！请赏光到敝庄喝杯淡酒吧。

杨登无论去哪儿，枪总是不离手。

盛情难却，杨登就随老者进庄，进门时，那条枪却怎么也拿不进去，杨登就把它戳在了门口。

进得门来，但见青堂瓦舍、雕梁画栋，一看就是一户大人家。

杨登落座，就有美若天仙的婢女奉上酒来。杨登就与老者对饮。

杨登在朋友家就喝了很多酒，再接着喝，渐渐地就有些不胜酒力了。

蓦地，眼前一片黑暗，老者与婢女们都不见了。接着他听到了窃笑声，待眼睛适应了黑暗，他看清了，哪里还有什么青堂瓦舍，这里是一座坟窟，围在他身边的是数十只黄鼬。

他明白了。他说，我口渴，给我点儿水喝吧。

一只黄鼬说，你害死了我们的祖奶奶，如今落到我们手里，还想喝水？喝尿吧！

杨登说，尿也行。

一只黄鼬就过来对着他的嘴泚尿。

杨登腰里藏着朱砂，他装着挠痒痒，偷偷地捏了一撮朱砂放入口中，和着臊尿融化了，然后突然向黄鼬们喷去。

黄鼬们全不见了。

杨登却憋在坟窟里出不来。

清晨，一拾粪老头在一座坟头发现了杨登的猎枪。他以为杨登是走到这里放下枪去解手了，就点上一袋烟等着，烟抽完了也不见杨登，就喊：杨登，你在哪儿呀？你怎么把枪丢在这儿啦？

杨登在坟墓里听见了，就瓮声瓮气地说，我在这儿呐！快回村里找人把我弄出去吧！

老头儿吓了一跳，丢下粪筐就跑回了村子。

村民们来了，掘开坟墓把杨登救了出来。

杨登瞧瞧坟墓前面那个小巷口，自己也纳闷：当初自己是怎么进去的呢？

断 案

早年间，山东招远县城有一位姓姜的中医，那时候医生叫郎中，姜郎中医术颇精，他临街开了一间诊室，悬壶济世，坐堂行医。门楣上挂了一

块匾，是治好了病的病人送的，上写草书："姜氏绝药室"。

一日，姜郎中被请去出诊，留年轻美貌的夫人在家照应铺面。一无赖从门前过，误将"姜氏绝药室"读作"万民快乐堂"，以为是青楼妓馆，遂入室，扯住姜夫人欲行无礼。

恰姜郎中归，见状大怒，将无赖扭至县衙。

县太爷升堂。姜郎中诉，要求严惩。无赖不服，一口咬定是见了门上的"万民快乐堂"才进去的。

县太爷便派了两个都头赴现场查看，然两个都头都是粗人，琢磨了半日不敢叫真儿。县太爷便备轿带人亲自来看，岂知那匾是狂草，亦吃不准。县太爷的官儿是花钱捐的，肚子里的墨水可想而知。尴尬之际，忽想起不论做啥生意，总是有账的，一查账岂不一目了然。便令姜郎中取账本来看。

须臾，姜取账本至。县太爷翻开第一页，但见上面写着：当归、五倍子。便令都头将姜郎中锁了。

姜郎中连喊冤枉。

县太爷大怒："呔！账上明明写着当龟五辈子了，汝这是祖传的娼家。证据确凿。还敢抵赖！"

于是，姜郎中被押至县衙大堂，当场按倒，屁股挨了二十大板。

乡 试

光绪初年，山东招远霞坞村童生李义与邻村童生程玉、刘云结伴赴登州府乡试。三人是好友，李义年长几岁，程刘二人恭李为兄。

一日，三人行至栖霞境内的山路上，小憩，蓦见近旁山凹处有一株硕大白花怒放。三人近前细观之，但见花瓣若雪，花蕊劲黄，且有异香袭人。程玉说是牡丹，刘云说是芍药。然细观其茎叶，又都不象。李义亦觉蹊跷，便说此花下面或藏有非寻常之物。程刘二人信然。于是三人合力掘之，破土尺余，露一青石板，遂愈觉神秘，拓宽坑围，揭开石板，呀！竟是一缸白花花耀人眼目的银元宝。

惊喜之余，三人商议，倘带上这缸财宝赴登州，路途多有不便。况三人身上带的盘缠已足够乡试之用。便决定待乡试归来时再取之不晚。

于是，将石板盖好，土覆其上，做了记号。

三人继续赶路。天晚，投驿馆歇息。夜半，李义忽腹痛难忍，大汗淋漓。程玉刘云忙唤店家请来郎中诊治，服药汁一海碗，至天明稍有缓解，然仍不能行路。程刘二人甚为焦虑，李义对二人说："此恐天意，二位贤弟不必等我，莫误了试期。我自留此将息，若早愈，则随后赶上，若晚愈，则自返家矣！"

无奈，程刘二人乃赴登州。

俟过了两日，李义辞店家，沿来路径寻至藏宝处，看看左近无人，不觉胸中心跳如捣，额角金蛇狂舞。待掘开掩土，掀开石板——却愕然——缸里哪有什么元宝？只一缸清澈见底的水！李义大失所望，就想：或是前日破了风水，财宝走了。又忽觉口甚渴，便俯身将缸中清水喝下一大口，顿觉滑腻而凉爽，直入肚腹。

李义料程刘二人回来必至此，便复将石板盖好，用土掩上。想想已赶不上试期，便颓然望家举步。

次日暮时，李义行至程玉所居村庄，忽肚腹绞痛（这次是真痛）步履维艰，遂至程玉家借宿。

程妻酒饭款待李义，尔后安排到客房歇息。

夜半，李义肚腹坠痛醒来，未及下床，已觉有秽物泄至床上。甚惶愧，便摸黑穿上衣裤不辞而别。

程刘二人登州试毕，惦着李义，速归。

路过藏宝处，见一切如旧，便掘开掩土，搬掉石板，见一缸元宝仍光亮亮眩人眼目，细观之，却见中间缺了一枚。二人叹曰：定是李兄疗疾花掉了盘缠，路过此地先取一枚用之。真君子也！

遂将缸中元宝悉数取出。

先至程玉庄上，程妻设宴为二人洗尘。席间程刘二人谈及欲与李义均分元宝一事，程妻闻之，取出元宝一枚，曰："前日李兄来借宿，恐奴家招待不周，竟不辞而别，还把这枚元宝遗在床上。你二人此去，正好还之。"

程刘二人齐说："这正是缸中缺了的那枚元宝！"

又一齐赞曰："李兄可真是天下难得的真君子！"

蛇　威

沙俄修筑的中东铁路（满洲里——三棵树——绥芬河）全面贯通是在1902年初冬。发源于巍巍大兴安岭之巅博克图的雅鲁河，在流经扎兰屯后，

蜿蜒着向嫩江流去。

下游有一个地方叫碾子山。这里以盛产做碾盘的石料出名。碾子山北十余公里处，有一座山，曰蛇洞山。山上多蛇，多是蝮蛇，亦有俗称“野鸡脖子”的毒蛇。

中东铁路就从这里穿过。一天，一列客运火车从满洲里开来，途径此处时，司机见一条不见首尾的大蛇正过铁路，虽心中敬畏，但已来不及刹车，眼看着踝蛇而过。

待这班车再回来时，开到碾子山北的蛇洞山就开不动了。司机检查机车，并无机械故障。下车一看，蓦然见迎面山上一个大洞，洞口一条大蛇正张开巨大的嘴巴，红色的信子吐出几丈远，丝丝做响，煞是赫人。

就明白是大蛇吸住了车轮，就明白是怎么回事儿了。

司机找来俄籍的列车长，详述了因由，列车长就召来全体司乘人员，焚香磕头，请求饶恕。然后，车轮动了，顺利地开到了满洲里。

再经此地，一切正常的情况下，那司机都早早地搂一闸，鸣笛缓缓通过。时间长了，其他司机也都这样做。

几十年里，再未发生过此类情况。

如今，碾子山已把此地开发为旅游景点，每年游人如梭矣！

世间有些事，不可强信，亦不可不信。

怪 事

一

麦收时节，一农夫在一树下磨镰。

树乃古树，虬枝盘曲，高数丈。

树干有洞，一蛇从树洞探头出，恰被农夫发现，遂挥镰将蛇头削下。

旋又一蛇头出，农夫继挥镰削之。又出，又削。如此，出一削一，竟无穷尽也！

须臾，农夫见脚下蛇头已成堆矣！

时值一邻人过，见其面色阴鸷，口中念念有词且挥镰狂舞，诧之，喝曰：何为？

农夫闻言，遂住手。正欲与邻人释，却蓦地怔住，脚下竟一个蛇头也没有！复看树洞，亦不见蛇踪矣。

农夫瘫坐于地，冷汗涔涔，口不能言。

邻人呼众将其抬回居舍，卧三月方瘉。

二

一人擅赶沙鸡。

尝于田头设网，然后从另一头戴白色帽子着白色长袍扬臂驱赶之。

沙鸡性蠢笨，遇驱赶不飞，只沿田垄顺之走，至田头，则进网矣。

乡俗，赶沙鸡者，须在收网时放飞一雄一雌，意在不赶尽杀绝也。

某日，擅赶沙鸡者因收获不丰，便自免乡俗，一个未放。

归途忽遇狂风，飞沙走石，眼不能睁，足不能行。捕沙鸡者仓惶抱一棵大树避之。

风停。网在。所捕沙鸡却一只不见矣！

三

某人擅垂钓，且精通钓技。每临渊，搭目一睹，便晓何处有鱼，何处无鱼。且曰钓鲫绝不钓鲤，钓鳖绝不钓虾。

每出钓，同行钓友皆为手下败将。久之，人送绰号：叼鱼郎。

一日，收获颇丰。日昃，钓友唤其归。其人曰，尔等先归，待吾把这一拨钓尽再走不迟。

果连连上钩。某人甚喜。

然夜深，某人仍未归。其妻忧之，央钓友往探。

于一山路下坡处，发现某人自行车前叉齐根断掉，已摔死矣！而所钓之鱼则从渔兜串出，覆其背上一层。

众皆讶异。

智　取

孔老抠盘腿坐在暖烘烘的热炕上，独自守着古色古香的楠木小炕桌吱儿咂儿喝小酒。酒是自家烧锅烧的，够劲儿。菜是猪肉血肠酸菜粉条子合在一起炖的，喷儿香。

夜里下了入冬以来的头场雪，今儿阳光很好。很好的阳光从窗上探进来，照在孔老抠粉红油亮的秃顶上，暖暖的，柔柔的，痒痒的，好似小六儿酥嫩的小手在抚摸他。小六儿是孔老抠上个月才娶来的小老婆，日头都晒腚了，这小娘们儿还在被窝里懒着呐！孔老抠忆起夜里翻肥稀嫩的小六儿在被窝里的浪劲儿，小腹就蹿起一股火，操！还是城里的女人够味儿。

孔老抠是这一方的甲富，家财万贯，良田千亩。院套围墙高达丈五，四个角上都筑有坚固的炮台。看家护院的炮手雇了十几个，个个好枪法。北山里一伙叫草上飞的胡子两次砸他的窑，都未能得手。

孔老抠的二弟在城里警察署做事，是个小头目。经常带着几个人骑马挎枪回来转转，很威风。这一带没人敢惹孔老抠，孔老抠很霸道。唯独让孔老抠不放心的，那就是神出鬼没的胡子们的骚扰。那年头一绺一绺的胡子挺多，胡子们讲究吃大户，所以每年庄稼长到溜腰深的时候，孔老抠就不出门了。这个季节是胡子们借着青纱帐的遮掩活动猖獗的时候，他唯恐被绑了票。像他这样的肥票，又与胡子结过怨，让人家逮住，没个好。

院子里传来了清脆的马蹄声。有人在喊：二当家的回来啦！

二当家的就是孔老抠在城里警察署做事的二弟。这小子吃喝嫖赌抽大烟，五毒俱全。估计又是在赌场上输干了爪子，一大早儿跑回来找孔老抠要钱来了。孔老抠对别人抠，对二弟不抠。二弟在城里当警尉，给他撑门面。但也不是要多少给多少，他悠着给，他不想让二弟把家给败了。

二当家的急慌慌地掀门帘子进来，一句话就把孔老抠给闹懵了。

大哥，咱家谁老（死）啦？

孔老抠生气了，大天白日说梦话！老了人家里能这么消停吗？

二当家的把冒着热气儿的貉壳帽子掼到炕上，诧异地说，那咱家坟茔地咋有人打墓子呢？

孔老抠瞪起了三角眼，扯鸡巴蛋！谁说的？

还谁说的啥呀，我在马上远远看见咱家坟茔地有一伙人在挖坑，就赶紧打马回来了。我……我还以为……

孔老抠急了。他一直信奉：日子过得好，全仗祖坟风水好。

妈巴子的！谁这么大胆，敢上我家坟茔地埋人！

孔老抠推开小炕桌下了地，拉上二当家的直奔后院，蹬上东北角的炮台一瞭，果然遥遥望见北山阳坡有许多人在那里忙活。孔老抠脸都气紫了，给我备马！

下了炮台，孔老抠又改变了主意。他觉得这事儿有点儿蹊跷。他对二弟说，二当家的，你先带你的人去看看，到底是些什么人。

二当家的飞身上马，很快就回来了。

大哥，那帮人说是后屯贾家沟的，男男女女一大帮，撵他们不走，墓坑已打好，就在老太爷的坟东边。说是跟你打过招呼了。

放屁！

孔老抠和二当家的带了几个炮手来到山下，就听到了很好听的笙管唢呐声。那是当地流行的《九条龙》。走近了，见男男女女数十人，皆戴着孝帽子围着一口大红棺材在放肆地哭嚎。

孔老抠怒不可遏，跳下马，冲上去揪住了打幡的孝子。

操你妈！吃了豹子胆了？敢上我家坟茔地埋人！

那伙人止了哭嚎，齐刷刷地亮出了家伙，逼住了孔老抠、二当家的和他们带来的炮手。

孔老抠傻眼啦！哪里有什么女人？着女人衣裤的都是男人。而孔老抠揪住的那个“孝子”正是草上飞！

若干年后，孔老抠早死了，二当家的也老到靠墙根儿晒太阳的年纪。他得了个疯疯癫癫的毛病，逢人就磨叨：那年那件事是我谋划的。草上飞答应分我一半，结果呢，屌毛儿我也没捞着！

义 举

民国二十三年秋，兴安岭南麓的青龙绺子与占江绺子联合了。

青龙的妹子被日本兵堵到炕上轮奸了。占江的爹让日本宪兵当靶子砍了头。

他们喝了血酒，把队伍从深山里拉出来。他们的目标是中东铁路线上的一个小镇，青龙的妹子占江的爹都是在那一带遇难的。他们要在那里找小日本报仇。

途中，在一个山沟里的小屯子宿营。早起，一个小脚老太太红肿着眼睛来找青龙，告他们的弟兄夜里糟蹋了她的十六岁孙女。

那年头儿，行帮各派，义气为重。大绺胡子也把这一点做为行动的标准，且都立了许多极严的规矩。只有那些不成气候的十人八人的小绺子才偷鸡摸狗，专门坑害老百姓。

青龙和占江气炸了肺，马上集合了队伍。老太太领着孙女挨个认，认出来了，竟是青龙他老叔。

青龙手下的弟兄全都大眼儿瞪小眼儿，占江手下的弟兄则都冷冷地瞅着青龙。

青龙老叔是绺子里做饭的，一直是光棍一条。仗着侄子是头头儿，他分辨道：这回是去打鬼子。枪子是不长眼睛的，我得对得起阎王爷给我的这条筋，我得尝一尝女人是啥滋味儿再去死。

青龙给老叔跪下了。

青龙说，老叔，今儿个我得送你上西天。

老叔嚎叫：小兔崽子，你爹死得早，是我把你拉扯大的，我是你亲老叔哇！

青龙立起来，黑着脸逼近老叔。老叔，咱起局时有话在先，不横推立压。就是我犯了，也照样。今儿不杀你，今后这伙弟兄我咋带？

老叔环顾左右，见弟兄们都用钦佩的目光盯着青龙，心里忽拉一下子就想明白了。

老叔便毅然朝前走，走到一棵大树下立住。喊：弟兄们！乱枪打死我吧！

几声沉闷的枪声击碎了清晨的寂静。

翌日，中东铁路线某驻守火车站的日军突遭不明身份的武装袭击，两个小队的日军全部被歼。

还草

深山一小寺，仅住一老僧。

一夕，老僧正打坐，忽闻拍门。启视，乃一旅者恳请借宿。僧允。遂引入，供以斋饭。

寺仅一榻，乃僧卧榻。僧体胖，己卧已无余。无奈，僧抱稻草当席，置于其卧室外供旅者卧。

僧复归室，于匣内取一尊小金佛置于案头，焚香，合掌，诵经。此乃僧朝夕必修之功课也。

天明，旅者再三拜谢，辞去。

至夕，旅者复面色惶惶汗流浃背匆匆返矣。僧诧异，询之。旅者曰：适收拾行李，蓦见其中竟裹挟师昨赐睡榻稻草数茎。感师昨夕厚待，不敢越礼，特来奉还。

僧深感其诚。甚悦，欣然取佳果数种，老酒一坛，留其共进斋饭。其间，交谈甚融洽，皆萌相见恨晚之憾。

斋罢。僧取昨之稻草，铺于榻侧，留旅者室内眠。旅者谦之，僧曰，昨夕已怠慢君，深有得罪，今万不可再受风寒之苦矣。

旅者再谢，遂称不胜酒力，卧入黑甜之乡矣。

僧乃仍操旧课，良晚方眠。

晨起，不见旅者，僧度其急于赶路，乃不辞而别。谅之。

僧盥洗毕，欲作晨课，然匣内金佛竟不翼而飞矣！

郎 中

古时，有一位郎中手持串铃走村串巷行医。他的妻子是个健硕的女人，替他背着药箱子跟在后面。

郎中自幼饱读诗书，精通医术。但就是时运不佳，本来并无大碍的病人经他一治，反而病情加重，丢了性命。消息传开，人们就都不找他看病。

也有不信邪的，一天，郎中摇着串铃进了一个村子，一个健壮的青年人正在帮人盖房子，见郎中来，就对旁边一起干活的人说，我本无病，我倒要看看他能把我治死吗？说罢，就从墙上跳下，奔至郎中面前。说，给我瞧瞧病。郎中一搭脉，说，你快回去准备后事吧。青年人问，我什么病？郎中说，你肠子断了。郎中话音儿刚落，青年就感到腹中剧痛，原来青年从墙上跳下扯断了肠子，回到家中便死去了。还有一个不信邪的中年人，见郎中来，就从树上捋了一些槐花抹在脸上去见郎中，郎中把脉后亦称不治。中年人质问，缘何不治？郎中曰，槐花中毒矣！中年人不久亦死。

以上两例，证明郎中不是庸医。

郎中自己也苦恼，什么时候才能时来运转呢？

就去占卜，得到的结果是：待他老婆的脚长到八斤半的时候方可时来运转。郎中绝望。老婆的脚怎会长得那般大？

一日，郎中与老婆途中遇雨，道路泥泞，步履艰难。好不容易觅了一间闲置的草庐歇息，老婆拿一根树枝刮鞋子上的滥泥，说，累死我了，瞧，我这一只脚都有八斤半了！

郎中听了，心中一动。

雨过天晴，继续赶路。在一村头，遇上一伙出殡的。问之，是妇人难产而死。郎中想到了刚才老婆说过的话，就拦住了出殡队伍。人们也都认得他，说，好好的人他一治就死，已经死了的人怕甚？他要治就治吧。

棺椁打开，郎中施治，须臾，棺内传来了婴儿响亮的啼哭。郎中救了两条命！

这之后，郎中治一个好一个，渐渐声名鹊起。

就不用走街串巷了。坐在家里为人诊病。

穷苦人看病，郎中不收诊费。

郎中宅子东面是一块空地，他要每一个治好了病的穷苦人为他栽上一棵杏树。

久之，那里就成了一片杏林。

一夜，郎中被打门声唤醒，想是来了病人，开门，月下见一老虎张着血盆大口，郎中吃了一吓。

郎中说，你要吃我?

老虎摇头。

郎中说，难道你也要我看病?

老虎点头。

郎中就回屋叫起老婆，提了灯出来。

原来老虎吃了一个妇人，却把妇人头上的簪子扎到了咽喉处。

郎中把簪子取了出来。

数日后，老虎又来了。

郎中问，你又来看病？老虎摇头。

郎中说，那你来干什么?

老虎眼神儿柔柔地看了看那片杏林。

郎中明白了，你是为了答谢我，要来为我守这片杏林?

老虎点点头。

郎中说，守杏林可以，但你不能再吃人了。

老虎又点点头，一甩尾巴去了杏林。

这个郎中就是唐代大名鼎鼎的医学家孙思邈。

棒　槌

小时候，听大人们说，东山里出人参。我们这里属松嫩平原，北山里指的是大兴安岭，东山里指的是小兴安岭。长大了，知道东山里就是指长白山一带。那会儿听到的故事也很神秘的，如说一家人家（两个大人带着一个五六岁的小姑娘）去山里挖参。一家人就住在一个用树枝搭的窝棚里，白天，两个大人出去找参，小孩子就留在窝棚里自己玩。可是他们找了好多天也没找到一棵像样的人参。一天，两口子回来的早，女儿却不见了，就焦急地找，山里野牲口多，他们怕孩子出意外。结果终于在一个山凹里找到了女儿，女孩儿说，她刚才还在和一个穿红肚兜的胖小子在玩，怎么一忽儿就不见了？

两个大人就寻思，这大山里面没有人家，怎么会有一个胖小子呢？

第二天，他们找出了一根红丝线，告诉女儿再去找那个胖小子玩，并要女儿把红丝线拴在那个胖小子的手腕上。女孩儿按大人的吩咐做了，第二天他们就循着那根红丝线挖到了一颗大人参。

当年，老七就是听了这样的故事动了心的。那年他已经二十多了，家里穷，连个媳妇也说不上，他就想着去山里挖宝发财。

那是一个盛夏时节，老七告别了父母，背着一个破行李卷闯进了深山。

大山里植被繁茂，却人烟稀少。偶尔碰上个把人儿，就显得特亲，彼此一唠扯，也都是挖参采耳子的。

老七在山里呆了一夏一秋，没什么大的收获。

这天夜里，老七躺在窝棚里正发愁，忽听外面有女孩子的说笑声。他就奇了，支楞起耳朵细听，声音来至窝棚的东面。他披了衣服出来，那声音就没有了。

第二天早起，老七就奔夜里判定的方向细细寻去，临近中午时，他挖到了两颗一尺多长的大棒槌（人参长得特大的俗称棒槌）。

老七抱着这两个宝贝进了城。

在市场上，老七遇上了一个买主。这人一看穿戴就是一个有钱人，他让老七出价，老七就犯难，因为他不懂行情，要低了自己吃亏，要高了怕人家跑了。他就尾在那儿把身子左翻一下右翻一下的瞎折腾。

买主就笑了，说，老客，你就不要再翻了，就两千怎么样？

老七吓了一跳：什么？两、两千大洋？

买主微笑着颔首。

老七一骨碌跳起来。妈呀！我可发财啦！

老七抱着两个宝贝随买主去他家，原来买主是开药店的。取了钱。出来，他又仔细地看了看买主的大门，他要记住这个让他发了财的人家。

老七回家用这笔钱买了房、置了地、娶了一个漂亮媳妇。由穷汉摇身一变成了乡间的一个土财主。

两年后，老七进城里办事，住在客栈里。晚上他喝了点儿小酒，忽地想起了当年让他发了财的那个人。他决定到那人府上去拜访一下。

那人在书房里很客气地接待了他。并叫来两个梳着乌黑油亮独根大辫子的姑娘斟茶倒水。那两个姑娘都长得像天仙，老七都不敢正眼儿去瞧。

说了一会儿话，老七就忍不住问：先生，当年您花大价钱买了我那两个棒槌，您可是成全了我呀！但我一直不明白，您为什么要花那么大的价钱买，买了做何用场呀？

先生笑笑，用场可大去了，你是想都想不到的。来——，说着拥着那两个姑娘来到老七近前，对老七说，你摸摸她们的手。

老七闭了眼，不敢。先生说，不妨，你摸一摸就知道了。老七一摸，心就不跳了。看着这么水灵的姑娘，手怎么这么砬巴呀？且一点儿温度也没有，这根本就不是人手呀！

先生说，老客，现在你该明白了。

老七像鸡啄米似的点头，可他心里还是不太明白，那两个棒槌怎么就能变成两个姑娘呢？

鹦 鹉

林渊幼慧，五岁拜一北京知青为师习画。十岁时，其师返城，渊在当地已小有名气，按师瞩继续用功。高中毕业后，考入本省一所艺术学院深造。学习期间，林渊的画深得老师推崇，俟毕业，即留校任教。

林渊本着先立业后安家的古训，而立之年尚未娶。近不惑，名声大噪，一幅画卖至六位大数时，方觅一名字叫梅的美而慧少女完婚。

林渊功成名就，就辞了工作，买了别墅，当起了专职画家，每日里携娇妻出入灯红酒绿的高档豪华场所，接触的都是上流社会的人物，过起了优哉游哉的日子。

林渊赴欧洲画展，买回一只非洲鹦鹉。这鹦鹉形体较大，羽毛灰褐，智商抵五岁儿童且善学人语。林渊深爱之，本欲献于娇妻梅，然梅嫌其羽毛乏艳，不喜。林渊便将其置于画室中。

闲暇时，林渊便教鹦鹉学话，久之，竟能与主人对话矣！林渊甚喜之。

林渊有一学生高力，常来讨教。该生才思敏捷，深藏绘画潜质，林喜爱之。高力家贫，林渊怜悯，常接济之。

忽一日，林渊娇妻报警，言丈夫失踪多日，恐遇不测。

警方至林宅调查。至画室，架上鹦鹉忽大叫:是梅与高力杀害了主人!

梅闻言色变，欲走脱，遭警方控，遂在其冰柜内寻出林渊尸矣!

应变

民国廿一年八月，天高云淡，秋高气爽。

经了霜的兴安岭南麓，山山岭岭，红黄翠紫，五彩斑斓。

近午时分，静谧的山路上出现了三个人，一二十多岁少妇，一四五岁男孩儿，一五十多岁老头儿。少妇是郑家屯老财主郑大巴掌的儿媳，男孩是少妇的儿子，老头儿是郑家的佣人。少妇抱着孩子骑驴，老头儿挑一付担子相随。他们要去的是一个叫黄家窑的地方，少妇的娘家就住在那里。今天，少妇的老爹过寿，少妇带着孩子来庆寿。佣人挑着的担子里，一头装着果品匣子，一头装着烧鸡、熏鱼、酱肉、老酒。

正行间，兀地起了一阵山风，山风过处，就出现了一彪人马，直奔三人而来。

及近，少妇见马上人荷枪持刀，还绑了几个人，就知道遇上了拉秧子（绑票）的响马（土匪）。老佣人也看出了端倪，唬得面如土色。少妇读过几年书，倒是不慌，她让老佣人停步，自己也勒住了驴缰。

须臾匪至，见一骑驴美少妇，纷纷以污言秽语相戏。

少妇止之，正色问：来者可是老北风（这一带的大匪首）的弟兄？

众匪曰：正是。

少妇遂面露喜色，曰：我等正欲去拜见大掌柜，苦无门路，请导之。

一匪问：可与吾当家的相识？

少妇曰：不必多言，见面即知矣。

群匪不敢造次，遂携少妇等人返巢。俟近山门，众匪下马，将少妇、老佣人及掳来之秧子皆黑布蒙眼带入。

待去除眼罩，已入匪窟。

少妇见太师椅上坐一干瘪小老头儿，旁环列数人，料乃老北风，即趋前施礼。

老北风曰：汝何家女，识吾？

少妇曰：虽未谋面，然大当家威名远震，民女仰慕久矣！

老北风问：汝来何求？

少妇执其子曰：民女育有一子，乃夫家三代单传。恐不好养，于寺卜之，曰必拜一英雄豪杰为干父，方可无虞。阖家议论，吾乡方圆百里之内，唯大当家当之无愧。今不揣冒昧，略备薄礼，特来拜求。

遂命老佣人将担中礼物献上。

老北风大喜。命喽啰摆酒设宴，认之。

宴罢，又取绸缎两匹，银元一百付少妇，是与干儿见面之礼。

日落时分，少妇一行三人在众喽啰护送下平安抵家矣！

哑 巴

哑巴命苦，三岁死了妈，七岁死了爹。舅舅看着可怜，接去抚养。

哑巴长到十四岁，就跟舅舅学木匠手艺，哑巴灵性，日有长进，待到十八九岁，已长成一个身材魁梧，眉目清秀的大小伙子。同时也是一个成手木匠。活儿做得好，尤擅雕刻，十里八村小有名气，已能自己养活自己。

哑巴告别了舅舅，背着一套木匠家什来到一个小镇谋生。很快，哑巴凭自己的手艺打开了局面，请他做活儿的人家排着号等。那会儿请木匠都是管吃管住，哑巴除了做活儿，啥也不用操心，倒也活得滋润。

一日，哑巴正给一个大户人家做活儿，来了一个衣着整齐的中年胖子，一边看哑巴做活儿一边不住地打量哑巴。一忽儿，这家的主人过来，看到胖子，忙张罗敬烟倒茶，哑巴就明白了，这是一个有身份的人物。

第二天，胖子又领了一个二十多岁的漂亮女人来了，胖子与哑巴比划着说，也要做家俱，女人只是上上下下打量哑巴。

晚上，吃饭的时候，主人通过手式告诉哑巴，那人是镇上一个大财主，开了两爿铺子，乡下还有田产。并告诉哑巴，那漂亮女人是胖子的第三房媳妇，前两房都不生育让胖子给休了。

半个月后，哑巴背着家什来到了财主家。财主要做一对太师椅，一张八仙桌，一个雕花大柜。哑巴在心里估算了一下，这些活儿做下来至少也得一个月。

财主家的木料都是好料，吃喝也讲究，哑巴就安心地住在这里做起来。

开始，胖子与漂亮女人都陪哑巴一起吃饭，两天后，胖子不见了，女人就一个人陪他。通过手式交谈，哑巴知道，胖子出远门儿了，一时半会儿回不来。

晚上，女人陪哑巴喝了几盅，临睡，又给哑巴端来了热水让他烫烫脚解乏。哑巴很感激。

哑巴在午夜醒来，觉得被窝里多了一个人，吓了一跳。借着窗子透进来的月光，哑巴看清了，是女主人。

女人见他醒来，就伸出胳膊搂住了他。女人滑腻的身体让哑巴心旌摇曳，女人吐出的幽香让哑巴魂魄神迷。

这一夜，女人让哑巴成为了一个真正的男人。

都说“哑巴吃黄连，有苦说不出”，而此刻，是“哑巴吃了蜜糖，有甜说不出”了。

这之后，女人便夜夜与哑巴睡在一起。而哑巴也从一个床上“生手”历练为真正的“战士”，俩人又都年龄相当，一夜至少大战两场。

一个月后，胖子回来了。哑巴的活儿也做完了。

胖子给哑巴结了账。哑巴收拾着工具，心里想见女人一面再走，可女人始终没露面。

哑巴背着家什走了，他觉得他的心丢在了这里。

一年后，哑巴在镇街上碰上了胖子和女人，女人抱着一个胖娃娃，见了哑巴，胖子和女人都像不认识似的把脸扭了过去。

意 外

民国十三年初夏，大凌河畔的宋庄出了一件蹊跷事儿。

宋财主家过门儿不久的儿媳杏儿做午饭，烙饼烙出来后放在灶台上，转身去炒菜的工夫，家里那条像牛犊子般的大黑狗趁人不备溜了进来，把装在盘子里的烙饼叼走了两张。

婆婆阎氏刁钻，她不听杏儿的解释，硬是污儿媳嘴馋偷吃了烙饼。杏儿不服，犟了几句嘴，就遭到了婆婆劈头盖脸的一顿暴打。

杏儿饭也没吃，回了自己屋，一边擦着鼻血一边伤心地哭泣。

杏儿家里穷，兄弟姊妹一大帮。然杏儿肤白如雪，身段苗条，眉眼儿周正，是十里八村数一数二的美人儿。杏儿的爹租种了宋财主的几亩地，欠了租金，宋财主就把杏儿讨来做了儿媳。之后，杏儿爹就带着一家人去了北大荒。

从打过门儿，杏儿就没得过好。门不当户不对，杏儿首先就低气三分，婆婆把她当婢女使唤，洗衣做饭喂猪倒尿罐，一天到晚不得闲。丈夫游手好闲，整天价在外面耍钱喝酒，夜里回来就没完没了地折腾她，却从未说过一句有人味儿的体己话儿。

杏儿越哭越伤心，越委屈，想想今后的日子，心里一点儿缝儿也没有。就洗干净了脸，换上了出嫁时穿的衣服，找了一根绳子，把自己挂到了房梁上。

阎氏骂骂叽叽地来喊杏儿做晚饭，才发现杏儿寻了短见。

出了人命，就得认真对待。宋家一面差人把杏儿的尸体抬到大门外墙根儿下用苇席盖上，一面差人去报了官。

夜里，宋家派了两个长工守尸。一个叫大勇，一个叫小四儿。

大勇人如其名，高大魁梧，常年做农活，一身疙瘩肉。黑黝黝的皮肤像涂了一层油。小四儿瘦弱矮小，尖嘴猴腮像个猴儿。

大勇就坐在杏儿身边的苇席上，小四儿却战战兢兢地坐在几丈开外的一棵榆树下。大勇看出了小四儿害怕，就说，要不，你回家吧。小四儿说，那……那你一个人不害怕？大勇呵呵一笑，怕啥？小四儿就给大勇做了几个揖溜了。

月上中天，清辉撒向大地，明若白昼。万籁俱寂，只有村外池塘里传来阵阵蛙鸣。

大勇与杏儿曾是前后院的邻居，自懂人事儿，他就爱慕着杏儿。只恨自己家贫，无力讨娶。杏儿嫁到宋家，他又在宋家做长工，自然经常见面，爱慕之情愈深。看到杏儿受气，他心亦痛。

如今他总算有机会坐在了杏儿的身边，可她却已去了另一个世界。

大勇心中弥漫着悲伤。

大勇揭开了苇席。月辉下，杏儿面容娇好，樱唇微启，一如生前。

大勇爱怜地去抚摸她，亲吻她，他忘情地吻着，蓦地，他听到了杏儿喉咙里传来的咕噜声。定睛一看，见杏儿已张开了眼睛……

天明，官府来了差人，却不见尸首。就以谎报罪把宋财主索走了。

补缀：二十世纪五十年代，宋庄的一个人在黑龙江的一个农场见到了大勇和杏儿，他们已是四个孩子的父母了。

失 算

赵老二能言善辩，做什么事都精于算计，在村里是出了名的。因之，他得了个外号：二明白。

这年春天大旱，二明白趁着手头宽裕，就提前在仓房储备了粮食。果然秋天严重欠收。粮食金贵了，价格一路飙升，二明白心中暗暗得意。

北方冬季漫长，在家家户户忍饥挨饿度日时，二明白就用仓里存的两袋玉米去集市换回了一匹肚子里揣着驹的年轻的骒马。二明白把骒马牵回家，拴到马厩里，背着手围着骒马转来转去，赞叹着自己靠精于算计捡了个大便宜。

青草发芽，树叶吐绿时，二明白的骒马生了一匹白色的小马驹。

二明白用骒马耕地，小马驹就跟着在开满野花的田野里撒欢儿。

二明白骑着骒马赶集，小马驹也相跟着去集市上瞧热闹。

日光流逝，渐渐地，小马驹长成了一匹漂亮的大儿马。

大儿马成了二明白的重要家庭成员，主要劳动力。

二明白骑着这匹漂亮的白马去赶集，常引来众多艳羡的目光。

骒马又发情了。二明白不想让它随便交配。他想让骒马的儿子与母亲交配，再生一匹漂亮的大白马。但他也明白“马不欺母”这个道理。顺便说一句，马的马格比人的人格要高尚得多。

二明白就想了招儿，他先把骒马牵到了野外河边，拴到一棵树干上，蒙了眼。然后又从河里提来水，把骒马身上的汗味儿刷掉。又回去把大白儿马蒙了眼牵来。在他的操纵下，如愿以偿。

完事儿，二明白点燃了一颗烟，解开了两匹马的蒙眼布。

殊料，大白儿马看清了眼前的一切后，竟蓦地长啸一声，飞奔树林后面的石砬子而去。

二明白追至近前，见大白儿马已脑浆迸裂撞死在石砬子上。

二明白后悔不叠。

马贩子轶事

马贩子是宝山屯的人物。

当年，马贩子以贩马为业，常年游走于科尔沁和呼伦贝尔草原。

农业合作化以后，不允许他再“投机倒把”了，他才在宝山屯落了户，做了农民。

马贩子是有真名实姓的，但屯子里人都叫他马贩子。

马贩子的长相也与当地人不同，他高高的个子、白皮肤、深眼窝、大眼睛、高鼻梁，棱角分明的红润的嘴唇被一圈儿浓密蜷曲的黑胡须包围着，活脱一个新疆吐鲁番的模样。

马贩子在屯子里是个游手好闲的人，地也不好好种，整天东家出，西家进，但他家还挺富裕，因为他“寡妇养孩子，有老底儿”。

马贩子有两个嗜好，一是喜欢小孩子，他的衣服兜里总是揣着在供销社买来的糖果，见到小孩子，他就笑嘻嘻地掏出糖果送给人家。二是喜欢有点姿色的女人，见着喜欢的女人，他就主动出击，撩拨人家。

在宝山屯，马贩子的人缘儿还是不错的，谁家有个大事小情都请他到场，因为他走南闯北见过世面。他也热情地帮人家张罗，还不忘自己也随一份厚礼。只有两个人对他恨之入骨，一是村支书，一是大队会计，据说，村支书的儿媳、大队会计的媳妇都让他给“那个”了。

马贩子的媳妇长得也不难看，但她懒，邋遢，一个家脏得像猪窝，来了外人没有个下脚的地方。马贩子为此揍过她，也没有什么明显效果。就不待见她，平时也不愿意在家呆着，把自己收拾得利利索索地去外面逛荡。

马贩子在外面的风流韵事她媳妇也风言风语地听到了一些，就规劝他：女人不都是一样的吗？你非得在外面得瑟啥呀？

马贩子却振振有词：那可不一样。你嘛，也就羹匙那么大的一个地方应人，而有的女人那是连头发稍和小脚趾头都招人喜欢的。

他媳妇听他这样说，气得不给他做饭，他就去供销社买麻花、罐头吃。

“文革”期间，从哈尔滨来了一个很洋气的女人。她的丈夫在武斗中被打死了，她来投奔她的姐姐。而她的姐夫也不是一般人，虽然家住在屯子里，身份却是公社的党委秘书，外号“大眼皮”。

马贩子走东家串西家，屯子里什么事儿他都比别人先知道。

他看上了这个哈尔滨女人。

“大眼皮”在公社上班，平时很少回家。他就去泡这个女人。那女人也对他有好感，一搭眼儿就说他不像个农民。瞅个空子，马贩子说，走呀，妹子，我领你出去溜达溜达。那女人就欢欢喜喜地跟着他走了。

那段日子，马贩子幸福得骨头节都开了，别人都忙着侍弄地里的庄稼，他却领着那个女人到处转悠，河套、草甸子，小树林，到处都留下了他们浪漫的痕迹。

一天晚上,马贩子把女人领到了瓜窝铺。他给看瓜老头拎了一瓶酒,说，你回家去喝吧，今晚我替你看瓜。看瓜老头乐颠颠地走了。马贩子就与女人在散发着芬芳甘甜气息的瓜田旁，在一轮满月的清辉下开战。没想到那老头也骚性，悄悄地踅了回来偷看了一场。逢人便说，嗨，那女人，大屁股白花花的，让马贩子干得嗷嗷叫！

对马贩子的艳福，屯子里的男人都艳羡得直吞哈喇子。

大队支书和会计一合计，就上公社把这情况汇报给了“大眼皮”。

“大眼皮”工作很忙。但一听说小姨子居然被马贩子给“收拾”了，也来气。

村里召开了批斗会，马贩子脖子上挂了一双破鞋做为“坏分子”加入了地、富、反、坏、右行列。在批斗会上，大队支书左右开弓，把马贩子抽得嘴丫子直冒血。大队会计更是凶猛，一脚一脚专踢马贩子的裆部。就是这样，马贩子还是笑嘻嘻的没个正形。

马贩子的媳妇觉得跟马贩子丢不起这份磕碜，就不想再跟他过了，就离了婚。带着孩子回娘家那个屯子去了。

据说，马贩子挨批斗的时候，那个哈尔滨女人哭得很伤心。

然后，不久，女人回哈尔滨了。马贩子也在屯子里失踪了。

八十年代中期，屯子里一个考上学的孩子在哈尔滨见到了马贩子。那会儿，马贩子已经是一家餐馆的经理了，穿着西装，打着领带，仍然很精神。陪伴在他身边的，就是当年来屯子里避难的那个女人。

四眼儿

四眼儿是一条雄健的大狗，身子是黑的，四个蹄子是白的，眼睛上面还有两块白，因之主人呼其为四眼儿。

四眼儿的主人叫大魁，在深圳打工，留下年轻漂亮的媳妇春香看家，四眼儿就成了春香的保护神。春香上地里侍弄庄稼，它一声不响地跟在后面，春香去河边洗衣服，它就卧在她脚边守着。

春香的西院邻居是二秃，二秃也是个青年人，他之所以没像村里其他青年人一样出去打工，是因为腿有残疾。二秃八九岁时，在公路上玩耍被汽车撞断了腿。虽然治好了，但落了个走路踮脚的毛病。

二秃脑袋瓜儿灵性，身残志不残，村支书是他舅，他就找他舅承包了村里一口池塘养鱼。居然赚了钱，发达了。娶了个模样不错的媳妇，还买了一辆小汽车。每日里红光满面，响亮地打着酒嗝，在村里拐来拐去，连村长见了他都热情地主动与他打招呼。

二秃因为有钱，村里人都高看一眼。但二秃不抠，逢年过节，他经常拎几尾鱼送给孤寡老人和留守妇女们。二秃闹了个好人缘儿。

二秃媳妇说他，你得瑟啥呀，那鱼卖了不是钱呐？二秃笑笑，你还缺钱吗？

二秃是个有心计的人。其实，他通过送鱼，已经在村里几个丈夫在外打工的年轻媳妇那里得了实惠，占了便宜。但这事儿能跟媳妇说吗？嘁！

现在，二秃在打春香的主意。春香身段高挑儿，皮肤白白的，奶子鼓鼓的，屁股翘翘的。二秃早就馋得淌哈拉子了。之所以迟迟未行动，凭经验，是他感觉到春香是个不太好上手的主儿。邻居住着，抬头不见低头见，平时见面，二秃总是热情地打招呼，春香却总是带搭不理的。过中秋节，他送给她两条大鱼，她坚辞不要。他撂下就走，她随后就把钱送了过来。让他当着媳妇面儿下不来台。

愈是这样，二秃就愈想春香想得心里痒痒的睡不着觉。他想，兔子不吃窝边草这句话早过时了，窝边草这么鲜嫩，不吃不是浪费资源吗？晚上，他想去春香家串串门，联络联络感情，可四眼儿却对他凶得很，见了他就往死里咬。春香出来，一见是他，脸子一沉，啥也不说，转身就回。

二秃进城了。二秃在县医院当麻醉师的表弟结婚，他去随礼。

二秃跟表弟要点儿麻药。表弟说，那能随便给吗？二秃说，你放心，哥我现在有吃有喝有产业，我不会没事找事拿它去犯罪。表弟问，那你干啥？二秃说，我麻狗。我那鱼塘边上有的是野狗，你不是爱吃狗肉吗，到时我给你拿两个狗大腿儿。

二秃把表弟给的一小包麻药当宝贝似的揣了回来。晚上，他啁了几杯酒，待媳妇睡熟了，他悄悄地起身出来，把那包麻药打开，塞进白天准备好了的一个肉包子里面，来到了春香家的大门口。

扒着门缝儿，二秃把肉包子扔给了四眼儿，四眼儿“汪”的叫了一声，奔至肉包子面前，嗅嗅，很香，就把肉包子叼到嘴里，吧嗒吧嗒吞进了肚子里。回味儿不错，又左右撒摸了一遍，心有不甘地回到墙根儿趴下了。

二秃点燃了一支烟，他慢悠悠地抽着，心里美滋滋的。他耐心地等着，想到了一个词儿——好事多磨。

一支烟抽完，二秃拾起一块石头对着四眼儿抛过去，四眼抬起头看看，没出声。二秃就接着点上第二支烟。待第二支烟抽完，二秃又捡一块石头扔过去，恰好打在四眼儿身上，这回四眼儿没有反应了。

二秃翻墙进了院子。春香的屋门居然没插牢，很好开。二秃心中一阵狂喜，他悄悄地摸进了屋子。春香已睡了，天热，春香把被子蹬了，在窗外月光的辉映下，春香的身子雪白诱人。二秃使劲嘫口唾沫，脱掉裤子，爬到了炕上。忍不住用手去抚摸她。

春香正做梦，大魁回来了，正与她在一起缠绵。她嘴里发出了模糊不清的呢喃声。这声音更激发了二秃的欲望，他暗说，看来这女人是饥渴得不行了。大魁也真是没正事，这么好的女人咋就舍得扔家闲着呢？

二秃趴到了春香身上。春香醒来，发现身上真的有个人，吓了一跳，随手拉亮了电灯。看清是二秃，春香大叫一声，抬脚就把二秃踹了下去。

二秃说，春香，你别生气，别喊，我、我是真心喜欢你呀！

春香坐起来，顺手从褥子底下拽出了一把菜刀。

二秃忙说，你、你别这样，我、我给你钱。你要多少我给多少还不行吗？

春香却岔了嗓子喊起来，谁稀罕你的臭钱，你给我滚！

二秃说，好，好，我滚，我滚。就爬起来去拿裤子。二秃心里明白，春香不同意，就不能来硬的，那样性质就变了。

这会儿，春香突然想起了四眼儿，就冲着外面大叫：四眼儿！

话音儿刚落，四眼儿像一阵风冲了进来，低沉地吼了一声，一个高儿窜起来，直奔二秃。二秃万没料到那麻药劲儿会这么短，忙拿手中拎着的裤子去胡噜，四眼儿却一口就把二秃大腿根儿那嘟噜东西咬住了。二秃惨叫着，拼死力掰开了狗嘴，里倒外斜地往外跑，四眼儿追上去，在他腿肚子上又咬了一口。

二秃在他表弟的医院里住了一个月。住院期间，他一直提心吊胆，怕春香告他，怕警察来抓他，春香却没有告他。

二秃出院回家，人瘦了一圈儿，脸色蜡黄，腰也有些佝偻了。不久，他媳妇就跟他离了婚。

据村里与二秃有过那种关系的一个女人说，二秃原先大腿不好使，现在小腿儿也废了。

牧鹅女

开春儿，女人对男人说，我想养鹅。

男人说，扁毛儿的畜生不好养，再说，养那东西得有水，咱家房前屋后都是旱地儿，连个水泡子都没有，不成。

女人说，我想好了，咱去东河套养，搭个小马架子就成。

男人说，东河套离屯子七八里地，空旷旷的一个人没有，能行?

女人说，咋不行，白天我在那儿看着，你该种地种你的地，夜里你来跟我做伴儿。咋不行呢?行!

男人知道女人的心思，女人是跟着他过穷日子过怕了，结婚时拉的饥荒去年才刚刚还上，孩子要上学了，住的房子也破败不堪了。女人想挣点钱帮他翻盖房子。面对一个一心一意跟你过日子的女人,男人还能说什么?但他还是有点不放心。

男人说，你一个人不害怕?

女人说，怕什么?我把大黑（看家狗）带上，再带把镰刀。大白天的，怕啥?

男人说，那孩子咋整?

女人说，求他奶奶给带几个月呗。

男人就依了女人。两口子东挪西借筹了五千块，买回了五百只鹅雏。

这之后，一向寂静的河湾有了生气，狗吠鹅鸣，间或还有女人清亮的唤鹅声。

小马架子里，男人搭了一个灶，早晨，女人早早起来，做好了饭。男人吃了就返回屯子侍弄庄稼。中午女人就拿着一个馍一块咸菜一边牧鹅一边吃。晚上，男人再从屯子里赶来，帮女人把鹅圈了，两口子就在小马架子里点着蜡烛吃晚饭。

鹅雏渐渐长大，女人累瘦了，晒黑了。

女人是个爱说话的女人，闷了，她就和大黑说，和鹅雏们说。

入夏，一场暴雨把小马架子淋塌了。

男人赶来时，女人已经成了落汤鸡。

男人好心疼，说，苦了你了。女人却呲着一口白牙打着哆嗦说，没事儿。

秋天，鹅们都长到了七八斤重，吃饱了食儿，就卧在浅蓝色的河湾，白花花的一片，煞是好看。

一天，一辆大卡车开到了河湾。

鹅们都被装上了卡车。

卡车载着嘎嘎叫的鹅们扬尘而去。

男人拎了一只油渍麻花的帆布兜子过来，乐呵呵地对女人说，瞧瞧，三万多块呐！

却发现女人在哭，男人懵懂了，咋啦！你哭啥？

女人抚摸着手中的一根鹅翎说，我看着它们一天天长大，可一眨眼儿……它们就要没命了……

三迷糊养猪

三迷糊人长得牛高马大，干活使蛮劲，就是脑子不灵光，喝点儿酒就犯迷糊，他又偏爱这口，有菜没菜顿顿喝，整天五迷三道的，所以村里人

称之为三迷糊。

这二年猪肉价格一路飙升，生猪的价格也猛涨，三迷糊的邻居二明白就养母猪卖猪崽儿发了财。三迷糊看了眼热，就也买了一头母猪回来。

然母猪发情后，交配了几次却怀不上崽儿，这让三迷糊很是着急上火。一着急上火就更使劲儿喝酒，就更迷糊了。

邻居们说啥的都有，有说母猪有病的，有说干脆摧肥了卖肉的。三迷糊自己个儿也没了主意。老婆说，要不，找大忽悠来看看吧。三迷糊一拍大腿，可不，咋就把他给忘了哩？

大忽悠是村里的兽医。劁猪、骗牛、治马结症、给鸡打针，样样都不含糊。

大忽悠被请到，三迷糊赶紧沏茶敬烟，殷勤伺候。

大忽悠给猪看完，洗了手，接过三迷糊递过来的烟点上，说，你这猪没什么大毛病，就是骨架小，公猪一上就压趴了，所以怀不上崽儿。

三迷糊说，那咋整？那不白折腾了？

大忽悠说，急啥？我来了还能没招儿吗？

三迷糊就赶紧给大忽悠倒茶。

大忽悠说，我给你出个招儿，保你的母猪下的崽儿个个欢势。

三迷糊乐得眼睛眯成一条缝儿，你说你说。

大忽悠说，很简单，你给它人工授精。

三迷糊大吃一惊，我……

大忽悠说，你什么你，你要相信科学嘛！

三迷糊挠挠脑袋，我相信你，也相信科学，可我怕……

大忽悠说，你怕什么？

三迷糊说，按你说的，我给它人工授了精，那倒是行。可等那猪崽儿生出来，个个长得像我一样，那不就麻烦啦？

不 准

1971 年，“文化大革命”闹腾到一半儿的时候，林彪出了事，人们狂热的情绪有所收敛，开始反思。这时提出了计划生育的政策，并在全国进

行推广。

那会儿不论做什么事，都是用毛泽东思想来指导。所以计划生育宣传指导队下到农村，把村民集中起来，也是先学几段毛主席语录，然后才能说正事儿。

这一天，县里的计划生育宣传指导工作队来到了牛村。大队支书牛大头把村民喊到村部，先读毛主席语录，又读了一段报纸上关于宣传计划生育的理论文章，这才由县医院的董医生讲解避孕知识。

董医生打开一个避孕套，由于没有教具，只好因陋就简，把套子套在自己的大拇指上作示范。然后举着戴了套子的大拇指给众人看，说，跟老婆做那事儿时这样套上就安全了。

因为这个方法简单，牛村的成年男人都选择了这个避孕方式，都免费领到了避孕套。

可是，没过多久，还是有几个女人怀了孕。

牛大头严肃地批评了这几个女人的丈夫，说他们破坏了党的计划生育政策。要扣他们的工分（那时农民们都在生产队挣工分，一天十个工分也就是两三毛钱）。可这些人不干，也不服，他们说，是县里来的那个医生教的招儿不准。要追查责任也应该追查那个董医生。

牛大头把情况向上级反映，那个董医生又来到了村里，调查避孕的不准问题。结果找到那些人一问，差点儿背过气去。原来，那几个老婆怀了孕的男人都是在与老婆睡觉时把避孕套套在了大拇指上。

万能方言

上个世纪八十年代，在东北境内的一列火车上。

车厢里人很多，许多人都没有座位，只好站在车厢的过道上。

列车减速，广播喇叭响了，预告前方到站的站名。

一位中年妇女站起来从行李架上取下行李，准备下车。

离中年妇女很近的，车厢过道上两个没有座位的人，就同时瞄上了这个机会。

列车到站，中年妇女刚一起身，两个人就同时去抢这个座位，结果是两个屁股重重地撞到了一起。可是一个座位是容不下两个屁股的，两个屁股就各自用力，想把对方拱出去。

他们一边用力一边用语言助阵，一个说，你想嘎哈（东北方言：嘎哈就是干啥的意思）？！另一个说，那你想嘎哈？！

说着，两个人就吵了起来，座也不要了，就撸胳膊挽袖子动起了手，开打。一车厢的人就都（有座位的也都站起来）瞧热闹。

这时，一乘警在车厢门口出现了。见此情况，用竖直的右手食指举到额前把大檐帽往上一顶，喝道：妈的，嘎哈呐！！嘎哈呐！！！

那为争座位而战的两个人一见来了挎着枪的乘警，立马就呼哧带喘地宣布停战。

乘警扒拉着过道上的人大步走过来，指着两个人质问：你们他妈的嘎哈？！

两人说，我……我们没嘎哈。

没嘎哈？刚才你们嘎哈呐？！

两个人中的一个说，那是他先嘎哈我才嘎哈的。

乘警就把手指指向另一个：哦，是你起的刺儿，你他妈想嘎哈？！

那人忙说，话不能这么说，一个巴掌拍不响，那他要是不嘎哈我能嘎哈吗？

乘警就不那么严肃了，嘁！都是出门儿的勾当，扯这些没用的嘎哈呀？！

两个人齐说，那是那是，俺们听你的，俺们不嘎哈了。

乘警乐了，嗳，这就对了。那你俩就该嘎哈嘎哈吧。

严 父

严父者，王五也。少贫，中年娶妻，得一女，视若掌上明珠。

女美而慧，然不喜读书，好歹对付到初中毕业，即与邻居姊妹进城打工去了。

当今社会良莠杂陈，黑白混淆，一个女孩独自在外，王五甚是惦念，遂出资与女儿各配手机一部，以便联系。后知女儿在一家什么冷饮店打工，心始安。

一日，王五进城购农药，思女心切，于路上便与女儿通话，告之办完事即去看望。

事毕。天色已晚。王五寻旅店住下，即拨通女儿电话，询如何见面。女欣然曰，某某街左拐路北即是。又询店名，女曰：店牌甚大，见“街客”二字即是。

接客？王五以为自己的耳朵出了毛病，复高声问：甚店名？！女亦大声曰：街——客！

王五误把“街客”听为“接客”，顿血压骤升，眼前金星乱蹦。口中喃喃自语：惜我良家女儿，竟沦为娼家矣！

复拨通女儿电话，要她立即到他住处来。女儿说，现在还没下班。王五怒：还上什么班！叫你来就快来！

少倾，女儿嘟嘴至。王五怒斥：丢祖宗的脸！

女儿诧异：我怎么啦？

王五曰：你不是卖冷饮吗？

女儿曰：是呀！

王五愈怒：屁！卖冷饮怎么叫接客？

女儿笑了，老爸，你误会了。我们的店名就叫街客。是街道的街。

王五与女儿去了那家店。在店门口，王五狠狠地扇了自己一个嘴巴。

酒闹儿

老常

老常在部队是团职，到地方任区长，属正处级领导。

老常工作有魄力，也有能力。用雷厉风行来形容他恰如其分。

但老常嗜酒。酒桌上，老常二两半的杯子一口一个，五六个之后还得来几瓶啤酒盖帽儿。脸儿红了，老常也说心里话，他说还是部队省心，地方上的滥事忒闹心。

但地方（尤其是领导）比部队的酒场多，老常也不惧，场场都能把对方干趴下几个。老常还有个习惯，酒后回家不愿意坐小车，这就苦了他的秘书。

一天晚上，酒场散了后，老常就沿着河边公园一边散步一边往家走。走了一会儿，一回头见秘书在后面跟着，就说，我没事儿，你回家吧。秘书笑笑，就转身走了。但秘书并没真走，他躲到了一棵大树后，待老常继续往前走，秘书就又悄悄地跟在了后面。当秘书的，有责任把领导安全送到家。

老常走着，小风一吹，酒劲儿上来了，就坐在路边的木椅上歇歇，这一歇，就睡着了。秘书赶紧上前将他唤醒，老常揉揉眼，说，我没事儿，就是有点累了，坐这儿歇会儿。秘书说，您在这儿歇着容易受风，反正已经离家不远了，还是回家歇着吧。老常说，也好，你回去吧。

老常的家住在二楼，来到楼门口，老常就掏出钥匙开门，可那门今天不知犯了啥毛病，咋捅也捅不开。老常就一边“狗日的、龟儿子”的乱骂着一边继续捅。

秘书上来了。秘书悄悄地跟在老常后面，他在一楼听到了老常的骂声。

秘书一看，忍不住乐了。原来老常正在用钥匙串上的一根掏耳勺在开门。

秘书拿过钥匙替老常打开了房门。老常临进门前拍拍秘书的肩膀，你看，我说我没事，你还不放心。这回到家了，你快回吧。

大 李

大李是机关车队的小车司机，长得人高马大，身材魁梧，五官端正，就是心眼儿有点小。

大李贪杯中物，但给领导开车，怎敢乱来？所以他平时忍着，一般都是晚上下了班再出去解馋。

这天晚上，大李与车队的几个哥们在一家酒店美美地喝了一顿。回家已是子夜时分。

大李的家住五楼，他来到四楼就拿钥匙开门，当然是打不开。竖起耳朵一听，又听到了屋里有男女的说话声，大李的心就缩紧了。大李的媳妇长得漂亮，他一直怀疑他媳妇有外遇。但就是没拿到证据。此刻，大李暗说，我叫你不承认，这把我可抓了你的现行！

大李就拿拳头砸门。仍不开。大李就靠着门坐下了，心说，我就在这堵着！我看你们能躲多长时间，跑哪儿去！

四楼的邻居从猫眼儿看出了是大李，忙把电话打到楼上，告诉大李的媳妇，你家姐夫又喝多了！

大李的媳妇忙穿衣开门下楼，大李已坐在门旁打起了呼噜。

大李被媳妇摇醒，看看仍被自己挡着的门，又看看媳妇，诧异地问，咦！你打哪儿出来的？

老 田

老田是农牧局局长。他的工作性质决定了他必须经常下乡。

老田也是军人出身，也是好酒量。平时在家一个人也能喝半斤，酒场上拼起酒来，斤八两的啥也不耽误。

春节将近，乡镇的朋友打来电话，说杀年猪了，是一点儿添加剂也没喂的纯农村猪，请他去喝酒，吃猪肉酸菜炖粉条。老田从小在农村长大，得意这口。就乐颠颠地带车去了。

菜对口，嗑儿也唠得对脾气，气氛和谐又热烈，酒自然就下得快。

也记不得喝了几瓶了，老田出去撒尿，走道儿有点散脚。

有一阵子了，老田还没回来。

司机不放心，就出来看看，见老田正靠着一棵小树晃荡，嘴里还嚷嚷着“别闹，别闹！”趋前一看，原来老田站不稳，就靠着小树撒尿，撒完尿系裤带时把小树也一块系上了。

小 刘

小刘酒量不行，却偏偏工作在一个酒场多的机关。

别人喝了酒是享受，他喝了就是遭罪。

同事们劝他，小刘，你得练呐！小刘说，我倒是想练，可我他妈的怎么就练不出来呢？小刘也很羡慕那些能喝酒的同事，人家弄得混合，有人缘儿。在酒场上，人家敬你酒你不喝那就是不给人家面子，伤人家自尊的事。这一点小刘是知道的，可他就是没有酒量，有什么办法？

小刘酒量不行，工作还是很敬业的。年底，机关班子调整，原来的副职调走了，小刘被提升为副职。

做了领导的小刘，在酒场上就更是醒目的目标了。

一次，一个重要的场合，小刘实在找不到托词，只好硬喝，结果喝大了。他摇摇晃晃去了厕所，吐得眼前金星乱迸时，隔壁女厕所进来一个人，“嘭”！那人放了一个很响的屁，小刘迷迷糊糊听到了，忙喊，说不喝了，怎么又启开一瓶？谁启谁喝！

王 子

王子就是王子，但他又不是真正的王子——因为他的父亲不是国王或皇帝。

王子的父母都姓王，所以给儿子取了个名字叫王子。王子十三岁了，是个聪明可爱的男孩子。

王子的父母都是县城里的副科级干部。爸爸是公安局的副局长，妈妈是财政局的副局长。虽然官儿不大，也都是有头有脸儿的人物。他们经常参加各种会议，经常在县电视台的新闻节目上露脸儿，在小城的社交圈子里，他们都有一定的知名度，都有方方面面的朋友。

这天，王子的妈妈去市里开会了，晚上，王子的爸爸就带了一个漂亮的阿姨回来。王子爸爸把王子给阿姨做了介绍，阿姨就笑吟吟地从漂亮的挎包里拿出钱包，抽出一张嘎嘎新的百元大钞递给王子，说，听你爸爸说你电子游戏玩得特好，这是阿姨给你的见面礼，喏，去玩吧。

王子乐颠颠地接了钱，就去门厅换鞋。

王子爸爸说，王子，你看阿姨多讲究啊，见面就给你一百块。

王子一边换鞋，一边冲爸爸招手，似有话要与爸爸讲。爸爸就走近去，弯下腰把耳朵凑过去。

王子说，爸，上次你出差，妈妈领了一个叔叔回来，那个叔叔帅呆酷毙了，比这个阿姨还讲究呢，见面就给了我二百块！

王子爸爸问：你拿那钱干啥了？

王子乐呵呵地说，在游戏厅玩了一个通宵呗！

王子爸爸问：那你妈跟那个叔叔干啥去了？

王子狡黠地一笑，也和你跟这个阿姨一样，在家研究工作呗！

嘴 臭

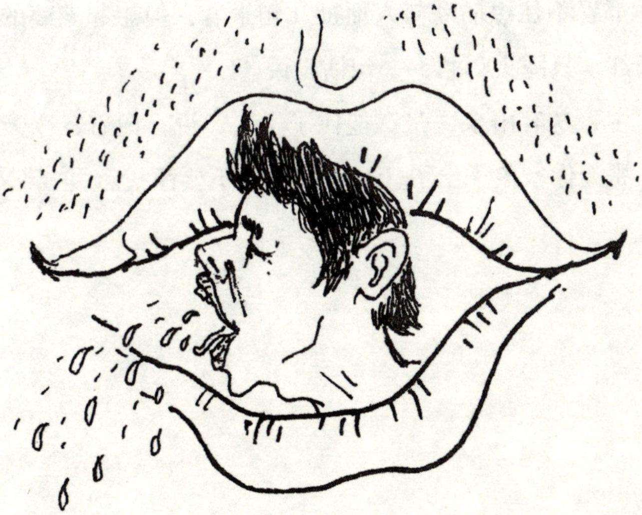

张三说话嘴臭是家里外头出了名的。他这人性子倔，不会顺情说好话。凡事好叫真儿，不论事大小，都愿意与人掰扯。比如人们都说这个人好，他就非得给这个人挑出点毛病来。比如人们都说这个人坏，他就非得给这个人找出点好处来。一次，上面新派来的一位领导来到他们科室视察工作，同事们都夸领导长得有福相，气质不凡，张三却说，袁世凯长得比他还有福相呢，结果咋样？常了，人们都知道他这个脾气，也就没人愿意与他计较。

“文革”时人们都说毛主席的话一句顶一万句。张三的话也有这个效果。只是他说出来的话都属“茅坑里的石头”又臭又硬。不招人儿听。

这一天，张三的一个好朋友的孩子满月，请客。张三是义不容辞的得去祝贺，喝喜酒。

临行，老婆教导他：今天是人家的大喜日子，你去吃、喝随便，但记着闭上你那张臭嘴，别胡咧咧那些招人膈应的话给人家添堵。

这次，张三还真的听了老婆的话，在宴席上人们说三道四，谈古论今，有好几次他都忍不住想插嘴与人掰扯几句来着，但想起老婆的嘱咐，他硬是憋得脸通红，只闷头喝酒，一句话没说。

宴罢，主人送客出来，张三拽住了主人，说，记着，今天我可是一句话也没说，哪天你家孩子出了什么意外，可不要怪我。

生财有道

早晨四点，天刚放亮，老高来到早市。渔行已经摆上了新鲜的活鱼，老高买了一条三斤左右的草鱼，一条二斤多重的鲤鱼，又买了几条三四

两重的鲫鱼，然后把鱼装在一个黑色的大塑料袋子里，倒进一些水，拎着走了。

但老高并没有把鱼拿回家，他骑着电动车来到了江边。江边雾很大，没有人，老高把黑色塑料袋里的鱼倒进钓鱼人专用的渔护里，把鱼护放进江水里插牢，然后点燃一支烟，打开钓具，坐在马扎上抽竿绑线，开始钓鱼。

五点来钟，江边人开始多起来，有晨练的，有遛弯儿的，也有几个钓鱼的。

遛弯的有爱看钓鱼的，走近来，拎起老高的鱼护瞧瞧，嚯！没少钓喔！

老高一笑，呵呵，来的早。

七点一过，老高收竿儿。推着电动车走上江堤，坐那儿抽烟，把鱼护放在草坪上，刚离水的鱼在鱼护里乱蹦。就有人围过来了。

嚯！这可是纯野生的江鱼呀！

瞧，这鱼多新鲜！欢蹦乱跳的！

要吃鱼还得吃这样的。

就是，就是。

有人问了，卖吗？

老高把烟屁股一扔，卖。

不到七点半，老高“钓”的鱼就在江边卖掉了。价钱正好是早市养殖鱼的两倍。

老高回到家，老伴儿正好做好早餐。吃罢早餐，老高翘着二郎腿儿抽一支烟的时候，老伴儿就出发了。老伴儿跨着一只柳条儿编的筐子，上面蒙了一块布。筐里装的是鸡蛋，是在超市挑颜色浅的买的，五块钱一斤。老伴儿坐公交车去了城郊，又坐从农村进城的班车从城郊返回。到客运站一下车，老伴儿就揭了筐子上面蒙的那块布，一边走一边嚷嚷，农村笨蛋啦——嗷！农村笨蛋啦——嗷！声音响亮，尾音儿往上一扬还带着钩儿。

很快，老高老伴儿的“农村笨蛋”也以一块钱一个卖光了。回到家，才刚刚中午。吃了午饭，咪一觉，下午没啥“工作”了，两口子就出去找局子打麻将。

这就是老高两口子退休以后每一天的主要生活内容。

腐败真好

老张一上车，就看见了老王。而且一看老王红润的脸色，就知道老王又喝了。

老张与老王原先都在一个林业局工作，俩人是好朋友。后来老张调到了邻近的另一个林业局，但关系没断，逢年过节、谁家有个大事小情，都不落过儿。

老王也瞧见了老张，于是便呼兄唤弟儿地坐到了一起，聊了起来。

老张说，这是上哪儿去了？

老王说，上市里了。

老张说，办事儿？

老王说，嗨，办了个大事儿。

老张说，嗬，看你的脸色就知道你有好事儿。

老王说，可不，把你大侄子的工作安排了。

老张说，呦！你还真有两下子。

老王说，要不咋整，你也知道，你大侄子高中毕业没考上大学，这见天在社会上逛荡，弄不好还不得出事儿呀？

老张说，那是。不过现在大学本科毕业都不好安排，看来你神通广大呀！你跟我说实话，是不是上边有人？你大侄女今年也快毕业了，我看考大学也够戗，到时候你也得管呐。

老王说，有人也不太硬，但能说上话。要我管也行，但你得准备这个。老王说着，就把一只手伸出来，对着老张翻了两翻。

老张说，我操，得那么多呐！

老王说，兄弟，这年头儿，少了能管用？再说，咱们都这岁数了，活的不就是孩子吗？咱们豁出去，勒勒大脖子，紧紧肚子，好歹给他们安排了，咱也就净心了不是？

老张说，可也是这个理儿。对了，你给大侄子安排到哪儿啦？

老王得意地笑了，公安局。

老张说，好单位，你真行。

说着，俩人都犯了烟瘾，就去车箱连节处边抽烟边接着唠。

老张说，广播电视天天嚷嚷着反腐败，这腐败怎么倒越反越厉害了呐？

老王说，你呀！咱们一个工人，那反不反腐败跟咱们有什么关系？要我说，这腐败还真他妈的好呐，要不腐败，就你大侄子那个熊样，还想上公安局？做梦去吧！

老张说，你说得对。那你大侄女的事儿你可得管呐！

老王说，嘁！咱哥儿俩谁跟谁呀！

惹祸的裤衩

大刘武警出身，回到地方分到公安局给领导开小车。

大刘一米八五，面孔黝黑，壮得像一座铁塔。找了个媳妇却只有一米六零，但长得白白净净，属小巧玲珑型。

两人很恩爱。在家里，大刘洗衣做饭什么活都干，在人情来往上，也是什么事都听媳妇的。

一天，大刘拉领导出去办案子，跑了一天。回来跟领导一起吃了饭。领导说，今儿挺累，去洗个澡吧。大刘就把领导拉到了一个洗浴中心。

领导简单地冲了冲，就上楼上按摩去了。大刘跟领导二年了，知道领导的习惯。他就一个人慢慢洗。当过兵的人都干净，洗着，忽想起刚才脱衣服时，裤衩潮乎乎的，就索性去取来一块洗了。然后晾在了浴室的暖气片上。他想：等领导按摩完了，裤衩也就干了。却没想到刚把裤衩晾上，领导就气急败坏地打着电话从楼上下来了。

领导说，别洗了，赶紧走。东大街出了杀人案！

大刘就跳起来火速穿衣服，与领导一起奔赴杀人现场。却把裤衩落在了浴室的暖气片上。

后半夜了，大刘才一身疲惫地回到家里。

大刘怕惊醒媳妇，就蹑手蹑脚的，但媳妇还是醒了。

看到丈夫倚在沙发上累得那个样子，媳妇就心疼了，忙倒了一杯水，又问饿不饿。大刘说，我现在就想睡觉。媳妇就帮他脱衣服，脱了外衣、衬衣挂起来，脱了外裤叠起来，衬裤脱了一半，媳妇的手停住了，随之脸色骤变，大喝一声：你的裤衩呢！？

大刘在媳妇温柔的服侍下已经幸福得迷迷糊糊了，忽听媳妇一声断喝，立马恢复到清醒状态。

裤衩？哎呀！裤衩落在洗浴中心啦！

媳妇冷笑一声，一通“机关炮”扫过来；呵呵，这么说，你不是工作到半夜累成这样。你是去洗浴中心找小姐销魂累成这个德性！别说，你还真挺投入啊，居然把裤衩做为信物赠给小姐啦！

大刘说，你听我跟你解释。

媳妇说，不必了。

一周后，大刘与媳妇离婚了。

五大力吃河豚

五大力哥儿五个，个个爱好体育，身体都很棒。老大游泳、老二足球、老三排球、老四乒乓球、老五除了篮球打得好外，又比上边的四个哥哥多

学了一招儿——武术，什么南拳北腿的都会几招儿，且膂力过人，因此人称五大力。

五大力还是个驴友，他喜欢独自出去旅游，结交各路朋友。

这日，五大力来到了浙江境内的一个风光秀美的小山村，投宿于农家小旅舍。同住的还有三人，亦是游客，一山西、一陕西、一河南，彼此通了姓名，交谈甚洽。

四人结伴游于湖畔，逢渔人起网，见网中一种虎皮花纹儿的鱼儿甚肥美，问之，曰河豚。陕西客曰：久闻河豚肉味鲜美，今当尝之。山西客诧曰：河豚剧毒，不要命乎？渔人闻之，一笑，从身上挎包内取出一叠类似广告的打字纸分发给四位，曰：按此法烹之，当无虞。四人接纸在手，但见上面写道：先将鱼鳍切除，然后切掉鱼头，去除内脏，洗净血污，剥去鱼皮，背开成两扇，剔除大刺与肋刺，放清水中浸沥四小时，便可加作料烹之，半小时即可享用美味。

五大力曰：遇此美味，不尝憾事。河南客曰：别人敢食，我等何惧！于是选大的买两尾，拎回旅舍，于主人处讨来炊具，按法泡制。俟釜中汤沸，异香扑鼻，四人皆垂涎欲滴矣！

于是四人团团围坐，沽酒品鲜，高谈阔论，不亦乐乎。

忽座中山西客摔箸猝然倒地，四肢抽搐，牙关紧咬，嘴角冒沫，不省人事。

众惶惑，河南客大呼：中毒矣！

五大力跃起，喊店主至，店主曰：若果真河豚中毒，当地土法，唯饮粪汁可解。遂奔茅厕，舀来粪汁一钵，众人按住山西客，撬而灌之。少倾，山西客见缓。河南客曰：观此，恐我等亦中毒，只是来得慢，不若先防之。五大力与陕西客齐曰：言之有理！三人遂各取粪汁一杯饮下。

须臾，山西客醒，坐起抱拳向三人揖曰：小弟患羊角风之疾久矣，今又突发，实有冒犯，望三位兄长谅之。

三人一愣，旋即相视大笑。忽五大力以掌击案，大叫一声：我操！疾起，奔茅厕。陕西客与河南客亦相随而至，三人在茅厕把肚里的河豚和粪汁全呕了出来。

五大力授徒

五大力原本练过拳脚，这些年又走南闯北长了见识，结识了一些武林同行，切磋了技艺，就决定办武术班授徒。

通过在当地小报做广告，五大力陆陆续续收了九个徒弟。

自己家没地方练，五大力就带着徒弟们去公园里练。

这无疑给公园里又添了一景儿，早晨，公园里晨练健身的人很多，人们练完了自己的套路，就凑过来瞧五大力们的热闹。五大力看围着的人多了，就自己上场耍几招儿，掌劈砖跺，拳击木板。人们就拍巴掌叫好。五大力的脸上就写满了得意。

这一天，正练着，天下起了小雨。瞧热闹的人们就散了，只剩下了一个干瘦的老头儿手拎着一个装矿泉水瓶的编织袋子还站在旁边抻头看。五大力的一个徒弟看他来气，就说，“去去去！傻了巴叽的，你能看懂啊！”没想到老头儿却轻蔑地冲那个徒弟笑了笑，“呸”地把一口痰吐到了那个徒弟的脚下。徒弟急了，骂道：“老鸡巴登，你找揍呀？”老头儿说：“呵呵，揍我的人他妈还没把他生出来哩！”那徒弟就挥拳奔老头儿打去，却没打着，自己倒闹了个狗抢屎。

徒弟们都围过来，五大力也过来了。叉着腰，斜睨着老头儿，说：“爷们儿，看来你也玩过？”

老头儿说：“玩是玩过，但玩不太好。”

五大力说：“咱俩玩玩？”

老头儿说：“玩就玩玩。”说着，就脱了身上的小褂，露出了瘦骨嶙峋的胸膛。

五大力瞅着老头儿，乐了，“爷们儿，就你这排骨体格，还是算了吧。我这一出手，那可没轻没重的，要是把你打坏了，我可掏不起医药费呀！”

老头儿也乐了，“要不咱俩立个字据？后果自负。”

五大力说：“我看行。”

就有好事儿的徒弟找来纸笔，果真立了字据。

俩人就拉开了架势，徒弟们围成一圈儿。

五大力瞄准机会，率先打出迅猛一拳，众徒弟正待为师父喝彩，却见老头儿纹丝未动，而师父却弓着腰在那儿龇牙咧嘴，趋前一看，原来师父的右拳竟不知怎么整的缩在了老头的肚皮里，任怎么拔也拔不出来。

五大力已知遇上了高手，跪下一条腿嗫嚅着说："前辈恕罪，晚辈有礼了……"

老头儿把肚腹一鼓，五大力就一个倒仰，一下子射出去五六米远。

老头儿拎起编织袋子默默地走了。

这之后，公园里不见了五大力和他的徒弟们。据说，他们另找了一个僻静地儿。

灵与肉

某文学笔会。

作家、诗人、散文家、评论家济济一堂。

座中亦不乏气质优雅，姿容靓丽之女性。然这些女性，绝非官场职场用来点缀会场的那些胸无点墨的塑料花瓶和绣花枕头，她们或作诗，或作散文，或作小说，皆有两把刷子。乃才女也。

适一中年知名诗人手机铃响，接之，曰：没关系，没关系，咱们是朋友嘛！

俟诗人收线，邻座一美女作家便与之搭话：某老师，刚才您说到朋友，我觉得现在朋友一词内含很宽泛，您以为呢？

中年诗人莞尔一笑：是啊，朋友一词在当今社会太泛滥了。原来，朋友首先是友谊。如今，见过一次面，喝过一回酒，就可以称朋友。还有那些互相利用，互相欺骗的，只要还没撕破脸，都可以称朋友。

美女作家曰：高论。那么，高层次的朋友呢？

中年诗人复莞尔一笑，盯着美女作家那双会说话的眼睛说：高层次的，当然是互相尊重，互相理解的心灵上的朋友。就如我们之间。

美女作家继续问：除此还有更高层次的吗？

中年诗人答曰：有，在以上前提下，彼此互相欣赏，爱慕，乃至灵与肉完美结合的朋友。当然，这是指——异性朋友。

美女作家颔首。

晚上，中年诗人在房间接美女作家短信：我们已是多年的心灵上的朋友，何不再上一个更完美的层次？

中年诗人甚喜，即回复：严重同意！

两人遂去另一宾馆开了房间。

床上，才子才女尽情绸缪缱绻，然进入主题，中年诗人竟力不从心，匆匆几跃，便草草收兵。

美女作家兴犹未尽，执其物叹曰：灵固灵矣！肉亦是好肉，只可惜乏鸿篇巨制之能，只宜作一分钟小说而已！

体验生活

某市突击扫黄，抓了一批小姐和嫖客押到了局子里。

小姐和嫖客大都耷拉着脑袋躲镜头，认倒霉，唯嫖客堆里一个三十左右岁的青年镇定自若，面对镜头豪无愧色。

一小警察看他来气，捅了他一拳，喝道："你老实点儿，没羞没臊的，得瑟啥？"

青年立马反击："你文明点儿，凭啥打人？"

小警察说："打你咋的？你嫖娼就欠揍！"

青年说："我没嫖娼，我是来体验生活。我要写写这些小姐，揭示她们的内心世界。"

听到这话，那边一个正审小姐的中年警察乐了，他冲青年招招手，"你过来你过来。"

青年就过去了。

中年警察问："你是干啥的？"

青年说："我是作家。"

中年警察上下打量青年一番，说，"把你的证件拿出来。"

青年就拿出了证件，有XX省作家协会会员证，还有采访证。

中年警察看罢，严肃了，"你是作家，是有知识有文化的人，你难道不知道嫖娼是可耻的，是犯法吗？"

青年却笑了，"黑格尔说过，凡是存在的就是合理的。你知道吗？"

中年警察问："黑格尔是谁？上过百家讲坛吗？"

青年就又笑。是那种轻蔑的笑。

中年警察就黑了脸，"就你这态度，重罚！"

青年说："凭啥？"

中年警察说："凭你嫖娼！"

青年说："我没嫖。"

中年警察说："嘴硬。没嫖我们怎么会把你抓来？"

青年说："这是你们的工作失误。"

中年警察就冲那个小警察喊："小马，刚才他跟哪个女的在一起？"

小马就朝小姐堆里撒眸。这时小姐堆里一个女孩站起来说："是我。"

中年警察就冲女孩招手，"你过来你过来！"

女孩过来，中年警察说："你给我说实话，讲细节，你们俩在一起都干什么了？"

女孩说："他点了我，只是和我唠嗑，别的什么也没做。"

中年警察问："他哪儿都没动你？"

女孩点头。

中年警察说："胡扯！不做生意你也和他唠？"

女孩说："人家不白唠，是付了费的。"

中年警察揪揪下巴，挠挠脑袋，有点为难。抓嫖以来，这种情况他还是头一次遇到。

当晚，抓来的人罚了款都放了。唯独青年作家没放。因为中年警察吃不准，这个家伙花了钱却没干，到底应该怎么算？

中年警察决定明天跟上级请示。

赝品与盗版

某宅男，海归。

某剩女，艺专。

宅男多年在海外求学，有学位，然经商屡不顺，遂郁郁不得志，一直未娶。

剩女多年混迹影视圈，亦做了多年明星梦，可惜张艺谋、冯小刚均未发现她这块璞玉，所以只能跑跑龙套而已。在那风花雪月的环境中，虽也交过一些男友，但正儿八经、明码标价地嫁出去还未有过。

经友人介绍，宅男与剩女处了朋友。

两人一见如故，大有相见恨晚之憾。未几，即办证结婚。

婚后，剩女经常出去赶场子拍戏，今日江南，明日东北。虽上不了主角儿，却也乐此不疲。

宅男学的就是商贸专业，就发动亲友集了一些资金，重蹈商海。

日子就这样分分合合地过着，两人在一起的时候，已没了当初的激情。宅男忙于商务，剩女追求的就是服装和化妆品的品牌，话就说不到一块去。且剩女只读了个艺专，文化课学得少，加之平时不读书，说话常常弄出白字来，还浑然不觉。宅男就觉得别扭。宅男呢，每日在商海打拼，身心疲惫，就对剩女少了些温情。剩女就觉得他乏味。

终于，老天开眼，让剩女争取到了一个演女二号的机会。

而宅男却经商蚀了木儿。

晚上吃饭的时候，剩女举箸指着几上一只瓷瓶嘲笑宅男，你呀，还学商贸的海归哩，要我说呀，你就是那只瓷瓶，是个高仿的赝品！

宅男闻言怒，摔了筷子，吼道：我是赝品？你是什么东西！？

剩女亦愠：你说我是什么东西？

宅男说：你就是那地摊儿上卖的盗版书！

剩女问：此话怎讲？

宅男讽之曰：除了封皮漂亮，瓤子里全是错别字，令人不忍卒读！

看家的对联

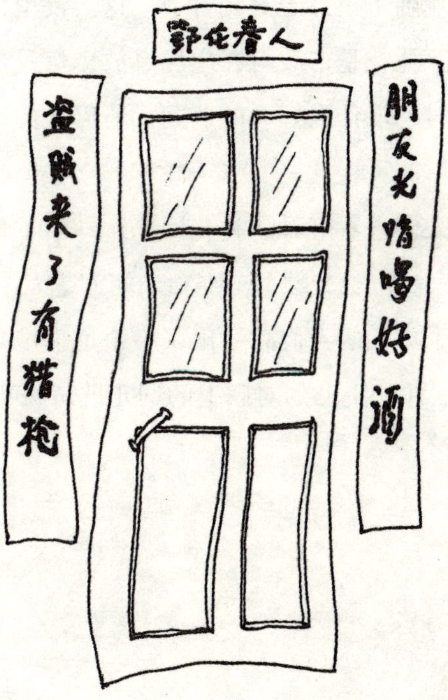

老何是鄂伦春族，虽然在城里工作生活多年了，但他还是觉得不太习惯，觉得还是在森林里骑着马背着枪打猎潇洒。

但不习惯也没办法，自己的工作、老婆孩儿都在城里，他不可能丢下这些再去钻林子。

老何本质上还是淳朴的，他在机关里本本分分与世无争地工作，在家里与邻居们和和睦睦相敬如宾地相处。老何的家是一个六层楼的小区，底下一层是商铺，二到六层是住户，一层两户，一个单元十家。老何住五楼。

快过年了，家家都要贴新对联。往年都是老婆去街上买，今年老何要自己写。他嫌街上买的那些对联的词儿太俗了。

三十儿上午，老何把自己写的对联贴了出去，果然就与众不同：上联是：朋友光临喝好酒，下联是：盗贼来了有猎枪。横批是：鄂伦春人。

过了年，很快就到了正月十五元宵节。这天夜里，人们差不多都涌到街上去看灯和礼花。礼花是市政府在广场燃放，灯是各大企业和大机关单位做的。小城里平时也没什么好看的热闹，所以人们都觉得看灯看礼花很好玩儿。

可是这天晚上人们去看灯看放礼花回来，却出了事，老何他们这个单元的十家住户有九家被窃贼光顾了。唯独老何家毫发未损。

事后，住在这个单元的人们总结出了一个道理：老何家之所以毫发未损，是老何独创的、屋门上贴的对联上的词儿把窃贼吓跑了。

我不知道我是谁

几年前，杨军从省城师范学院毕业分到一个县城当教师。本来，杨军很想当好这神圣的人类灵魂工程师，很想为这阳光下最高尚的事业奉献青

春热血来着，无奈这里是一个贫困县，连教师的薪水竟也一压几个月，渐渐地，杨军就失去了当初的热情。

适逢县政府面向社会招聘公务员，学校里一些不想继续当穷教师的同事积极报名参加考试，杨军自然也不甘落后，而且考得特别好，竟直接进了县政府，给一位副县长当了秘书。

当秘书首先得会写材料，杨军心中坦然，在师院学的就是中文，写点材料那还不是小菜一碟。然而事实并非如此，杨军很卖力气写出来的东西到了副县长那里总是要退回来修改。杨军自认为用词规范、语言流畅，怎么就不行呢？杨军就很苦恼。

一日，与李秘书喝酒。李秘书比杨军年长，又早来了两年，杨军就倾吐苦恼并求教于李秘书。李秘书长叹了一口气，说，老弟，你知道男人四大憋屈是什么吗？杨军摇头，李秘书便吟道：挖菜窖、写材料、戴绿帽子、蹲小号。

杨军愕然：秘书竟归了这一类？

李秘书又饮一杯酒，颇有些酒意了。老弟呀，记住，干咱们这一行，不允许有个性，不允许有自我，你得把全部心思放在揣摩领导的意图上，要知道领导想什么、喜好什么。不这样，你就趁早别干了，干得再好也是白干。

杨军喝着酒慢慢琢磨，终于领会了李秘书这番挺够哥们儿的教诲。

这之后，杨军便放下书生的臭架子，变得很会来事儿了。陪副县长下乡，上下车他提前给领导打开车门，而且态度毕恭毕敬。上饭店点菜，他专挑对领导口味的点。副县长主管农业，喜欢报喜不报忧。再写材料，杨军就敢把三写成六了。至于忧的部分，因为是贫困县，他会含蓄地运用语言艺术一带而过。

一次与副县长一块儿吃饭，副县长喝了点酒，心情不错，拍了拍杨军的肩膀，说杨军这段工作成绩不小，鼓励他继续努力。

杨军受宠若惊之余感到眼前一片光明。无疑，这光明是从领导信任的目光、亲切的口气中得来的。

转过年去，县政府领导班子换届，杨军跟的那位副县长升了大县长。过了一个月，杨军便当上了县政府办公室主任。

杨军在县政府大院也算个领导了，经常出席各种会议，经常在电视上抛头露面了。李秘书现在成了杨军的部下，一般材料不必杨军再劳神了，但大材料还得他亲自写，因为县长信任他。

杨军去市里开会，市委韩副秘书长要单独安排他一把。韩副秘书长来县里，杨军也安排得绝对到位。所以，韩副秘书长把他当哥们儿。

韩副秘书长亲自驾车把杨军拉到了一处挂红灯笼的酒店，开了包厢，挑了两位如花似玉的小姐。

美酒佳人，好个尽兴。

该做的都做了。临了，陪杨军的那位小姐却不肯收费。说，杨老师，你不认识我啦？我是你的学生呀！这次就免了吧。

杨军一听酒醒了一半，说，我不认识你！

小姐说，你不是杨老师？！

杨军说，我不是。我不知道我是谁。

良药

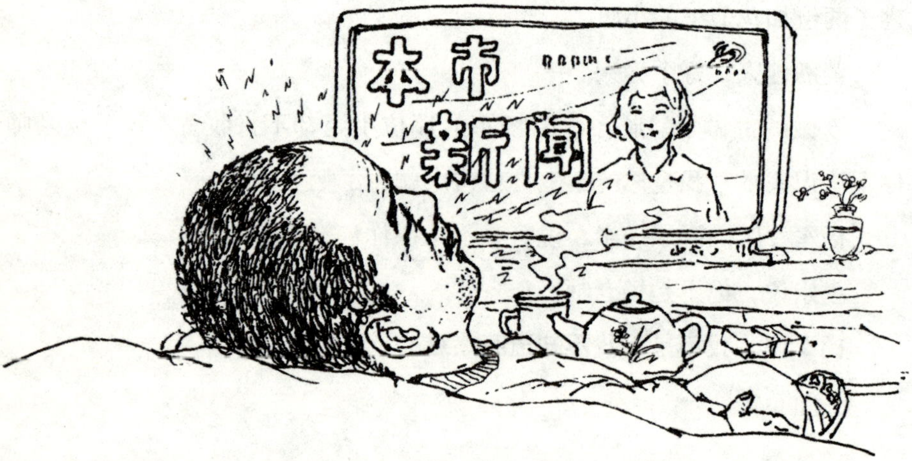

老王退休前是局机关党办主任。

老王的日常工作很轻松，党务方面的大事都由局一把拍板敲定，他就起个传话筒的作用。只有年终市直机关检查组下来检查综合治理工作时，局里才让他出面接待，汇报，最后陪着吃一顿饭。

老王好搓麻将。老王有几个固定的麻友，几乎每天晚上都战上一场。因此白天便常常精神头儿不足，犯困。

老王具体工作不忙，但老王得经常参加一些没完没了的机关会议，他毕竟是局机关一个职能部门的头儿。

老王就想了一个招儿，戴了一副有色眼镜坐在会议室的一个边边角角上，台上领导宣读文件或读报纸，他就一只手掌托着下巴悄悄地睡觉。

老王睡得还挺有功夫，不打呼噜，不淌口水，远远看去，完全是一副认真听会的模样。

老王白天养足了精神，晚上便在麻桌上拼搏，并常有收入。

老王退休后就改成白天打麻将，晚上正常休息了。

可老王却添了毛病，晚上经常失眠了。

老王就开始吃药，西药吃了好几盒，中药喝了十几服，却没有明显效果，这让老王很是苦恼。晚上睡不好，白天就打不起精神，那段日子，老王在麻桌上天天奉献。

一晚，老王坐在沙发上用热水洗脚，顺手打开了电视机，电视里正播放本市新闻，新闻里多是一些会议报道，老王看着电视画面，一种熟悉的，久违了的亲切感倏然而至，他又下意识地用一只手掌托住了下巴……

老王脚还在脚盆里泡着，人却倚着沙发睡着了。

聪明的老王把电视机搬到了卧室，晚上十点是本市新闻重播时间，老王在十点之前在床上躺好，时间一到，他用遥控器把电视打开，把声音调到静音状态，只须看着画面，老王很快地就香甜地睡着了。

习惯

老处长离休，又来了一位新处长。

新处长是一位小巧玲珑的半老徐娘。虽然嘴角和眼角都有了细细的放射线，但嗓音依然保持着少女的甜润，眼神儿也还像年轻人一样明亮。

据说新处长是一位厅长的夫人。

新处长健谈，对大家的生活关心。新处长的办公桌上一应物品摆放有序，拾掇得纤尘不染，不像老处长那会儿，茶杯、烟灰碟子总是和报纸、文件混在一起。

我们办公室阳面有一扇钢窗，窗台上有一盆长势很好的米兰。眼下正值隆冬，外面是零下30多度的严寒，室内因暖气供得足却温暖如春。窗子每天都能见上阳光，那盆米兰就开得旺，一阵阵为我们送来怡人的幽香。

米兰的主人小齐，是一位漂亮又颇有艺术修养的姑娘。她定期给花施肥浇水，把花枝修剪得优雅别致，还在花盆里种植了一种繁茂的盆草来点缀。盆草圆圆的小叶子终年甜甜地挤着，密匝匝的，如一片撑开的小伞。还间或从“伞”空里钻出几枝袅娜的糯米般莹莹的小花苞，开一种极玲珑的小白花，与高大的米兰相映成趣，煞是招人喜爱。

每天工作上一阵子，抽支烟，喝点茶，休息休息脑子时，大家都爱踱到窗前呆上一会儿，嗅嗅花香，瞧瞧盆草，心情仿佛就轻松了许多。

一天，新处长也踱到窗前来欣赏小齐的米兰了。小齐受宠若惊，忙放下手头的工作站起来，想陪新处长聊几句。

然而，谁也不曾料到，新处长却突然把一只白嫩的小胖手伸进花盆里，豪不犹豫地薅起那些很好看的盆草来。

大家都怔住了。小齐的脸一下子变得惨白。

转眼间，新处长很麻利地调换着角度认真地把盆草薅得一根不剩。

“处长，您这是……”小齐嗫嚅着。

新处长把薅掉的盆草拢到一起丢进墙角的废纸篓里，回过身来迅速地瞥了大家一眼，然后瞅着小齐语重心长地说：“小齐呀，花盆里长了这么多的草你咋不薅呐？我家大小两个客厅，十多盆花，从花窖里搬来时，也有长这种草的，我从来都把它们薅得干干净净的。”新处长把目光从小齐身上移开，对着我们大家说："做什么事习惯了就好了。要分清主次嘛，养花就是养花，盆里长那么多草，那算咋回事呀？"

我们大家都胡乱地冲新处长点头，表示赞同她这番富于哲理的演说。只有小齐涨红了脸，戳在那儿一句话也说不出来。

秋千

情绪一波动，老王的血压又升高了，就住到医院。

虽然退下来了，但待遇不变，老王仍住高干病房。高干病房不但条件好，医护质量也高。老王的血压很快又降到了接近正常的状态。

老王是下午出的院，晚饭老王吃得很香，老伴弄了几个爽口小菜，老王喝了一罐啤酒。

晚饭后，太阳还有挺高一截子，老王便去离家很近的公园散步。

公园临河而建，夕阳给河面镀上了一层炫目的碎金子，显得很辉煌。老王溜出了一身细汗，便择了一张长椅小憩。

长椅前就是一条卵石铺的甬道，甬道上不时有人走过。老王把头仰靠在椅背上，眯了眼假寐。但透过眼缝儿，老王仍能看清眼前的一切，只不过视野窄了些而已。

一对中年夫妇有说有笑地走了过来，不用看，听声音老王就知道那男的曾是他手下的一个副职。当年，在任用他的关键时刻，老王是替他说了话的。他也曾对老王感恩戴德，逢年过节，也总是携了夫人带着厚礼到老王的府上拜望。可自从开春老王退下来，这两口子就再也不登门了。

现在，这对有说有笑的夫妇走到老王身边突然噤了声，然后加快步伐目不斜视地走了过去。

老王不屑地微微一笑，自言自语道：小人!

一个胖子一面高门大嗓地打着手机一面走过来，老王从眼缝儿看到了，赶紧闭上了眼睛。那年，胖子为承包一份工程曾给他上过一份厚礼，他本来也想把工程包给他，但上边还有管他的，并执意要把工程包给另一个人，他有什么办法?

虽然老王闭着眼，但凭感觉他知道胖子发现了他并在他面前停下了脚步。

突然，“呸”的一声，一口痰似一颗子弹“嗖”地射到了老王的脚下，老王下意识地夹紧了双腿。

胖子走开了，老王把眼睁开一条缝儿，自嘲地说，你不该怪我。

一阵清脆的足音儿传进老王的耳鼓，一个风姿绰约的女人摇曳生姿地走过来了。老王从眼缝儿看到他无比熟悉的倩影，心头一热，是她！那会儿，为了这个女人，老王差点儿把老婆踹了。为了回报这个女人给予他的无尽温柔和要死要活的性福，他曾力排众议让她当上了歌舞团的团长，还从自己的小金库里分给她一个沉甸甸的存折。

此刻，老王多么希望她走过来，坐在他身边，陪他说会儿话呀！可是……清脆的足音儿犹豫了，停住了。老王睁大眼扭过头去看——却只看到了一个硕大浑圆的屁股——那屁股在两条秀腿的驮载下——匆匆地顺着来路渐渐地远去了。

夕阳沉下去了。薄薄的暮色笼罩了公园。老王的心绪也像这暮色一样灰暗。

长椅对面的草坪上，一对青年男女荡起了秋千。

秋千愈荡愈高，在空中自由飞翔的青年男女发出了忘情的欢笑。

后来，秋千又渐渐地慢下来，低下来，最后静止在草坪上。

青年男女喘息着，勾肩搭背地走了。

老王忽有所悟：人生多么像荡秋千啊！

时　髦

叶太太是个爱赶时髦的女人。虽然已经到了“女人四十豆腐渣”的年龄，但由于会打扮，加之数年如一日地坚持减肥，体型仍似少女般苗条，肤色

亦如刚做出的豆腐般细嫩。

叶太太有个女儿，十七岁了，长得与叶太太一般高，是个很漂亮的女孩子。叶太太携女儿去市场买菜，小贩竟把她们当做姐儿俩。叶太太嘴上不高兴：你这人好没眼色，我是她妈吔！心里却是美滋滋的，脚步也轻盈起来。

叶太太的漂亮女儿早恋了，对象竟是一个叫查理的外国留学生。叶先生持不赞成态度，叶太太却高兴得睡不着。这有什么不好？别人想找还找不着哩！这说明咱们女儿优秀，你就等着沾光吧，等着跟女儿去看外国月亮吧你！

然而很遗憾，叶太太看外国月亮的愿望不久就破灭了。那个叫查理的混小子又看上了别的女孩，把叶太太的女儿甩了。

叶太太的女儿躲在卧房里伤心，叶太太来到女儿身边，提问一些关键性的问题：你与他的关系到什么程度，都做过什么？

女儿说，他约我去听过音乐会，打过网球。

叶太太说，说关键的。

女儿说，他拥抱过我，吻过我。

叶太太紧追不舍，还做没做其他事？

没有。女儿说得很坚决。

叶太太松一口气，似乎又有些失望。旋即又宽慰女儿，算了算了，现在这类事挺时髦的，用不着为那个没良心的伤心。你这么漂亮，不定哪天又有个什么彼得爱上你呢。

叶先生在一家银行做高级职员，收入也是很可观的。可叶太太看到有些素质并不比他先生高的人摇身一变就成了大款，心里实在是不舒服。就对叶先生呼吁：如今什么时代啦？好汉不挣有数的钱。你非得一棵树上吊死吗？

叶先生也是有极强的自尊心的，就接受了太太的鼓励，辞了职，拿到一份钱，叶太太又取出多年的积蓄合到一起，叶先生就找了个朋友合伙开办了一家公司。

可是由于经营不善，半年之后，叶先生的公司就破产了。叶先生大款没做成，反倒欠了一屁股债。

叶先生很颓丧，坐在家里喝闷酒。

叶太太亦很心疼那些打了水漂儿的白花花的银子。但叶太太是贤惠的，这时候，她得劝劝丈夫：算了算了，咱不上火，如今下海是时髦，就算咱们赶了把时髦。

叶先生生气了：时髦时髦，我看这个家早晚得让你这个爱赶时髦的女人给毁了！

叶太太愣住了，难道时髦不对吗？

叶太太觉得很委屈。

蚊 子

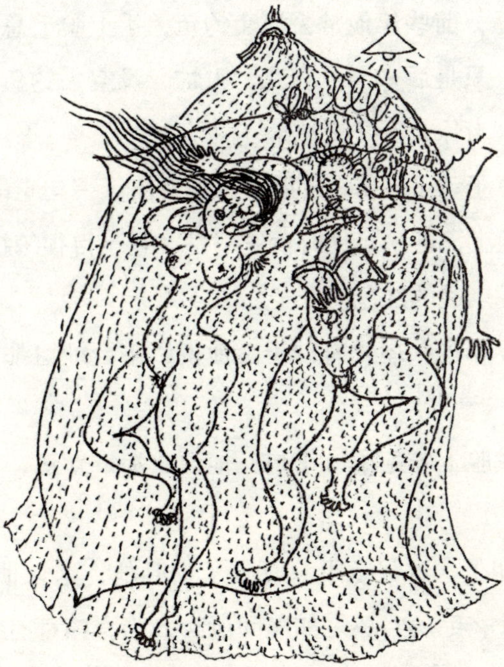

夜深了，他躺在床上读一本书。

多少年了，他养成了一个习惯，睡前必须读一会儿书。有时读几页困劲儿上来了，丢了书，关了台灯就睡了。有时读兴奋了，读到子夜一两点钟仍无睡意，就吞两片安定强迫自己入睡，因为早晨还要起来上班。

他正读着书，那个声音又来了，细细的，柔柔的，在静夜里有着丝竹般的美妙。他知道这是那只隐藏在窗帘后面的蚊子。它已经在这里呆了一个星期了，白天一动不动，只是晚上夜深了才出来活动。

他眼睛仍盯着书，注意力却放到了耳朵上，那音乐般好听的声音愈来愈近了，他感觉到它落到了他耳朵下面。他不动，等着它把尖尖的嘴插入他的汗毛孔里。可是它没有，它只在那里停留了几秒钟就又哼着曲儿飞落到了他脸上，他仍不动，甚至悄悄地闭上了眼睛，等着它那微微刺痒的一吻。然而它终于没有吻他，又哼着曲儿飞走了。

他就觉得奇怪，前些年他常去河套钓鱼，手上脸上总被蚊子叮得红包一片，硕果累累。只是后来当了官儿，太忙，没空去钓鱼了。那么，这只蚊子这是怎么了，为什么不叮我？

身边熟睡的妻子动了一下，含混不清地发出了一句呓语。他扭过头去，看见它正从妻子脸上飞起来。他盯着它，发现它飞得很笨拙，飞过台灯时，他看见了它那玲珑剔透的红色的肚子。

早晨起来，妻子说，屋里有蚊子。他说，阳台纱窗都关得好好的，怎么会进来蚊子？

妻子说，那我脸上咋起了一个包？他说，那谁知道，有蚊子也不能只咬你不咬我呀？

整整一个星期了，这只蚊子只叮妻子不叮他，这让他百思不得其解，是自己的血出了什么毛病？还是如民间所言，当官的都有瘆人毛，连蚊子也惧怕了？

刚才，它光顾了他，却不肯叮他一口，他就有点来气，我整天在外面山珍海味地吃，我的血怎么就不如她的？他扭过头去妻子那边找它。

妻子临睡前洗了澡，在台灯柔和的灯光下，妻子乌黑的头发蓬松着，衬得脸色很好看。许是睡热了，妻子把一只手臂扬到了头上方。他在妻子脸上没有找到它，目光下移，他找到了。它停在妻子扬起的那只手臂的腋窝里，他看见在那丛茂盛的腋毛边上，它的肚子已经红红地鼓了起来。

突然，妻子的另一只手“啪”地拍到了腋窝上。妻子坐起来，瞧着手上沾着的血和那只已然粉身碎骨的蚊子的尸身说，看！我说有蚊子你还不信。

他说，可惜……

妻子瞪圆了眼睛，你说什么？打死了一只蚊子你居然说可惜。你有病呀？

他说，我可能是有病，要不，它为什么不叮我？

妻子笑起来，你真有病。还有希望让蚊子叮的？

鸽　子

临近下班，手机铃声响了。她拿起来，屏幕上就显示出了他很帅气的头像。

他在电话里对她说："鸽子，一会儿我在你公司大门口等你，然后咱们一起去庆贺一下。"

她问："庆贺什么？"

他说："一年前的今天，我们在河湾相识，难道你不认为这是个值得纪念的日子吗？"

她与他的相识，缘于他们都是摄影发烧友。

她在公司做白领，工作很清闲。她是个气质优雅的女性，平时爱读读书、听听音乐，在风和日丽的日子里，她还喜欢到大自然中去走走。她的摄影水平也不错，她最喜欢拍的是静谧的树林和飘着雾霭的河湾。

他是报社的副刊主编。学中文的，散文、诗歌写得都小有名气，出过两本集子，是省作协的会员。他也喜欢摄影，尤其擅长拍鸟类，——天鹅、大雁、鸽子、野鹤和许多鸟类都成为了他的摄影作品。他在摄影网站上用的网名就叫"爱鸟人"。

那天早晨，她在河湾拍风景，他在河湾拍鸳鸯，静谧的河湾只有他与她。在这个颇浪漫的场景中，他们不相识就不对了。

他大她六岁，自相识之后，他就一直以大哥哥的名义关爱着她。随着情感交流的不断加深，他就不叫她的名字了，而是亲昵地称她为"我的鸽子"。

如今，他们已经到了谈婚论嫁的地步，她也对他很满意，认为自己找到了一个既有才气又有爱心的男人。

在一个四星级的酒店里，他开了一间装饰优雅的小包箱。

在大提琴曲《缠绵往事》舒缓而又浪漫的旋律里，红酒打开了，菜肴上来了。

她举箸去夹菜，手却停在了半空中，"咦，你点的鸡怎么这么小呀？"

他笑了，“我的小鸽子，你好好看看，这是鸡吗？”

“那是什么？”她问。

他把盘子移到她近前，“嗨，这是这家酒店最负盛名的一道菜，烤乳鸽啊！”

她像突然被电击了一下似的，把举在空中的手缩了回来。

接着，她站起来穿上了外套，拎起了手包。

他愣住了，你这是干什么？

她对他说，“对不起，我们不是一路人。到此结束吧。

说罢，飘然而去。

他像个傻子似的戳在那儿，还是不明白这是为什么？

再来一壶

二十世纪七十年代初，中国的农村还相当贫穷，吃穿住行也相当落后。东北人住火炕，一般人家都是南北两铺大炕。娶儿媳妇，盖不起新房，就分南北炕住，长辈住南炕，小辈住北炕。房梁下炕沿儿的上方挂一根木杆，木杆上挂一块布帘（当地俗称为幔子）遮挡一下就是那个意思了。

崔老五四十二岁就给儿子大柱娶了媳妇，也分南北炕住着。晚上，大柱在北炕动静挺大，崔老五受了刺激，就拉过老婆来重温旧课。可往往是大柱那边完事儿了，崔老五这边还在忘我地折腾，就听到了儿媳妇的窃笑声，崔老五就觉得挺难为情。

一天，爷儿俩去地里干活，崔老五对大柱说，那什么，你们晚上那个之前，先给个动静，咱爷儿俩一起行动，省得让你媳妇笑话。

大柱挠挠脑袋，憨憨地说，这动静咋给呀？

崔老五说，我不是好喝两口吗？你就说，爹呀，来一壶！我就知道了。

爷儿俩答成了口头协议，在以后的行动中也保持着默契。

一个闷热的夜晚，爷儿俩都“来一壶”之后，崔老五热得睡不着，就躺在那儿盘算起秋后的收成来，正盘算着，忽听大柱在北炕瓮声瓮气地说，爹呀，再来一壶！

崔老五吓了一跳，忙说，那什么，爹酒量不行了，你自个儿来吧。

爱好声乐的马蜂

杨光是林区镇上中学的音乐老师，琴弹得好，歌儿唱得棒，人也长得很阳光，浓眉大眼方脸盘，整天乐呵呵的，人缘儿极好。

入夏的一天早晨，杨光骑着摩托车从家里出来，平时，他总是比别的老师早些时候来到学校，练上半小时琴，然后准备上课。

路是泛着油光的沥青路，路旁全是茂盛的森林。林子里百鸟鸣唱，林间草地上野花招摇，蜂蝶飞舞，看着这一切，杨光的心情也就格外舒畅。碰到熟悉的人，杨光总是礼貌的一手掌舵，一手举起来热情地打招呼。

临近学校的那段路，没有行人，然杨光的好兴致似乎还很高涨，就打开嗓子练声：啊、啊、啊、啊——

正练着，突然觉得一个东西“嗖”地钻进口腔打在了舌头上，紧接着舌头就感到了刺痛、麻胀。

杨光刹住车，把嘴里的东西吐到手上，是一只晕晕乎乎的大马蜂！

杨光看着掌心中的大马蜂，还想幽默一把：嗨！想不到你也喜欢声乐。可这句话却没说出来，他发现舌头不好使了。

杨光很颓丧地进入教室，琴也没心情弹了，就那样抽着冷气嘶嘶哈哈地干坐着。

校长刚进办公室，杨光就跟进来了。他把一张纸条放到了校长面前，上面写道：请假一天。

校长说：搞什么鬼名堂？你不会说话呀？

杨光就对着校长张开了嘴。校长吓了一跳：我靠！你的舌头咋整这么大？

杨光就又在那张纸上写道：让马蜂给蜇了。

校长说：马蜂要蜇也只能蜇脸，怎么会跑嘴里去蜇？

杨光又写：我骑着摩托正在练声，它就进来了。

校长挠挠脑袋，哦，我明白了。这是一只爱好声乐的马蜂。

味 道

某市风味美食一条街，有一家店名叫“好再来一壶”的小酒馆儿。厨子是高薪聘的，菜烧得好，每日里顾客盈门，生意火爆。

一天晚上，店里来了一位六十左右岁的老头儿，老头儿鹤发童颜，着一套中式白色衣裤，举止言谈颇有点儿仙风道骨的味道。

老头儿点了一壶酒，一个溜肥肠。

老头儿很健谈，等着上菜的当儿，就与老板娘聊天儿，说他一生走过许多地方，最讲究吃，什么川菜鲁菜粤菜统统不在话下。老板娘就谦虚地说，我这小店儿，还请您老人家多提宝贵意见。

说着，酒菜上来了。

老头儿夹起一块肥肠，徐徐放入口中，闭了眼慢慢地咀嚼。忽地挑起眉毛啜着牙花子说："味道不对呀！"

老板娘听了，忙唤服务员："快端下去让师傅给老先生重做一下。"

菜端到后厨，大厨尝了尝，没什么不对劲儿，想可能客人口味重，就加了点盐又让服务员端了上来。

老板娘从服务员手中把菜接过来，亲手给老头儿端过去，说："老先生，您再尝尝，看这回咋样？"

老头儿又重复了一遍刚才的动作，但这次没啜牙花子，却晃着脑袋说："还是不对劲儿。"

老板娘就有点沉不住气了，自己把菜端回了后厨，对大厨说："这老头儿走南闯北是个明白人，到咱店里来，就点了这么一道菜，你怎么就整不明白了？"

大厨也来了气，这也不是什么高档菜，这老鸡巴蹬咋他妈这么挑剔呢？就对老板娘说："你先回去吧，一会儿我亲自前去请教。"

待老板娘走了，大厨就琢磨：差在哪儿呢？正琢磨着，蓦地看见了刚才洗肠子的水还在盆里，端起来一嗅，动物内脏的腥秽味刺鼻。大厨略一思忖，就舀了两勺倒进菜里，加急火扒拉了一遍，然后把菜端了上去。

大厨说："老爷子，您尝尝这回怎么样？"

老头儿夹了一块肥肠放进口里，吧嗒吧嗒嘴，沉稳地点了点头，说："哎，这回味道对了。"

倾　听

吃了晚饭，看了一会儿电视，周自然瞧瞧壁上的时钟，九点三刻，说，睡吧。庄一梅也看了一眼时钟，说，忙啥？还不到十点呢。周自然就苦笑了一下，不再说什么，自己去卫生间洗漱。

周自然的脸庞眉眼长得很像一位伟人——周恩来。当年他上大学时，曾被一位影视剧导演发现，可惜他个头儿只有一米六十多，如果他再多长几厘米，就很有可能被影视部门请去拍戏，也许已经成了腕儿。他现在在农机部门的一个执法单位当个小头头，一年到头往乡下跑。庄一梅也是一个很漂亮很有气质的女人，她在辖区派出所当民警，她比周自然还忙，周自然好歹还能在周末休息休息，她忙起来根本就没有节假日。这两口子在工作上都很敬业，口碑都很好。

在晚上，庄一梅不过了十点不睡觉，这已是习惯使然。

自从儿子上了高中，每天晚上都是十点钟回家。只要庄一梅在家，她再累，也得等儿子回来再睡。要不然，她睡不踏实。儿子也听话、懂事，总是准时回家。待敲门声响起，听儿子喊：妈，开门！她的一颗心才落到实处。

然而儿子去年已经考上大学走了，虽然那座城市离家并不远，儿子也经常在节假日回来，庄一梅的这个习惯却迟迟改不过来。晚上，她仍是不到十点不睡觉，而且一到十点钟，她就支楞起耳朵做倾听状，下意识地等待那根本就不会出现的敲门声。

知妻莫如夫。周自然完全理解妻子那颗做母亲的心。那颗心既博大又细腻温柔，那是浓浓的母爱啊！

5月9日是母亲节，这天晚上，周自然找了个由子在外面与朋友吃饭。八点多钟，饭局散了，周自然却不回家，他去花店精心选了一束鲜花，——有康乃馨、满天星，还有九朵红玫瑰。然后他就捧着一束鲜花在街上漫步，时而看看表，很有点儿像与情人幽会的样子。

临近十点，他手捧一束鲜花回到了自己家的门前。他故意把脚步声弄得很急很重，他敲门，喊：妈，开门！

庄一梅刚刚与儿子通完话，平时，都是她先打给儿子，这次是儿子打来的，他先祝妈妈节日快乐，然后又说了自己的近况。庄一梅心里很蕴藉，儿子长大了，更加懂事了。这会儿又突然听到了敲门声，而且还真真切切地听到了那声：妈，开门！（他们儿子变声期后，与父亲说话的声音一模一样）庄一梅欣喜地想，这小子，明明回来了还跟妈开玩笑！就跳起来打开了门。看到的却是手捧鲜花满眼深情的周自然，她愣住了。

周自然说，老婆，我替儿子祝你节日快乐！

庄一梅接过鲜花，拥抱了丈夫，她幸福地笑着，眼里却流出了泪花儿……

树 殇

城市。高楼林立。车水马龙。

某高档住宅小区的花园里，一个身穿粉红色连衣裙的小女孩仰着脸儿，双手托腮神情忧郁地坐在石凳上，她的对面是一棵半枯的大枫树。

孩子，你真聪明，居然听出了我在叹息。

你问我为什么这样伤心，那我就跟你聊聊吧。

我的名字叫糖槭树，也有人叫我们枫树，你们小孩子喜欢叫我们飞刀树。我原来生活在河套里。我的背后是葱郁的大山，我的前面是一条银亮的大河。我的身边是一些相处得很和睦的伙伴，他们是柞树、榆树、杨树和柳树，还有身段苗条、长相清秀的小白桦、眼睛黑黑的稠李子，小脸儿通红的山丁子。我们脚下的草地上，还有一些美丽可爱的小伙伴，她们是娇艳的百合、秀气的铃兰和气质高贵的芍药。她们竞相绽放时，彩蝶在我们身边翩翩起舞，蜜蜂在我们身边唱着歌奔忙。我们的枝枝杈杈上，是鸟儿们经常谈情说爱、经常召开研讨会和举办音乐会的地方。

我们大家在这里自由自在地生长着，阳光照耀着我们时，让我们感到世界的美好。河水滋润着我们时，让我们浑身充满了力量。清风吹拂着我们时，我们大家就用叶片一起欢呼歌唱。欢呼生命的自由，歌唱幸福的时光。

可是，突然有一天，厄运降临了。

那天，刚刚下过一阵小雨，云开雾散之后，天空出现了一道美丽的彩虹。我们正一边呼吸着新鲜的空气，一边欣赏着天地间的美景，这时，一个戴着红色旅游帽的黑胖子带着一伙人来到了我们身边。

看样子黑胖子是个头儿，他对那些人指手画脚，吆五喝六，那些人就在河套里散开了，他们围着我们这些树转来转去，好像是在找什么东西。然后，那黑胖子来到我身边，摸出一支烟点着，边吸边上上下下地打量我，好像对我很感兴趣。

一个戴眼镜的瘦子走了过来，黑胖子就问他我的名字，瘦子很有学问，他不但准确地说出了我的学名，还把生长在世界各地的我的同宗同族都介绍了一遍。并说在加拿大，我们这种树是国树。那就是与国旗、国歌享受同等礼遇的。

听瘦子这样说，黑胖子立马来了精神，他把烟头用脚狠狠地一抿，喊了一声，散在河套里的那伙人就全围了过来，黑胖子指着我说，就是它了！

那些人就去到拉他们来的那辆大卡车上叮叮当当的拿来了锹镐。瘦子用树枝对我画了一个包围圈，那些人就开始挖土。渐渐地，我感到了疼痛，他们把我生长在地下几十年的根斩断了。我失去了知觉。

醒过来时，我发现来到了一个完全陌生的地方。这里狭窄得像一个小天井，四周全是高高的水泥墙和钢窗，看起来更像一座牢房。这里没有清爽的风，这让我感到憋闷，这里的空气全是汽车的臭屁的味道，这让我感到窒息。更让我难过的是，突然就失去了多年相依相伴的伙伴，我感到了致命的孤独。我那些被斩断的根仍在隐隐地痛，我不想活了。活着还有啥意思？

可就是死我也不明白，那些人凭什么就那么霸道，难道就因为他们叫“人”，就可以不尊重其它生命，漠视其它生命吗？

装 修

“你有了儿子你就是儿子，你有了孙子你就是孙子了。”

老马现在对坊间流行的这句话持充分理解的态度，他想，第一个说出这句话的人一定是自己的同龄人，哦，这真是这茬人对生活的感受啊！

老马其实也不算老，五十五岁，身体健康，精力充沛。老马原先在一个科局当头儿，五十岁那年被一刀切了，也就是所谓的退了二线。

切就切，退就退，老马心里也没有什么不平衡的，现在官场就是这种形式，切的又不是自己一个。老马上午去乒乓球馆打乒乓球，下午去麻将馆儿打麻将，小酒儿照样喝，中档烟儿照样抽着。好歹当了几年领导，老马手头儿挺宽绰。

然而现在，老马很滋润的生活被打乱了，近一个月以来，他没有时间打乒乓球，更没有时间打麻将了。他天天提拎着一个大水杯子往一个新开发的小区跑，在那里看着装修工人装修一套房子。也不只是看着，他同时还得干小工的活儿——他还得根据装修工人的指令不断地跑装潢材料商店买材料。

辛苦是不用说了，秋老虎的天儿，一跑一身汗，但老马没有理由抱怨，因为这套房子是买了给儿子准备结婚的新房。现在家家就一个独苗，都当宠物养着，老马能让儿子来干吗？再说了，就是儿子要来干，他也不放心，现在的年轻人，啥啥都擎现成的惯了，他能整明白吗？

本来，这个小区要十月中旬才交工，但儿子结婚的日子却定在十月十号，是老伴儿找人看的，取十全十美的意思。还有，儿子虽然还没结婚，但儿媳妇肚子里的孙子已经好几个月了，总不能让儿媳妇抱着孩子举行婚礼吧。老马就动用关系找建筑商，提出提前装修。现在的房子都是毛坯房，装就装吧，建筑商就打电话叫来一个小老头儿交代了一下，小老头儿就拿了一串钥匙领着老马左拐右拐来到一座新楼前，又沿着满是灰尘的楼道爬上 8 楼，捅开一扇防盗门，把钥匙摘下来扔给老马，走了。

老马自己住的房是 88 平的，给儿子买的房是 120 平的。以前，讲究养儿防老，如今，养儿养儿，不管他长到多大，只要你还活着，你就得付出一切养着他。所以，你掏钱给他买房，他认为是应该的。你一天跑上跑下挥汗如雨地为他忙活，他也认为那是你应尽的义务。现在的社会就是这样，倒过来了，儿子享受爹的待遇，爹当儿子使唤。这就是独生子女时代的不争事实。

这天，老马去买钉子回来，正坐在一块木板上喝水抽烟，儿子领着儿媳视察来了。儿媳的老爸是副处，级别比老马高，家境也比老马富裕，这样的儿媳，马家人自然得高看人家。

视察完毕，小两口来到老马面前，很严肃地提出了整改意见。儿子认为客厅的壁纸图案不好，儿媳认为卧室的地板颜色不对。

老马心里有气，待两个小祖宗离去后，才忿忿地骂了一句：操他妈的，站着说话不腰疼，早干啥啦？

但骂归骂，活儿还得按着儿子儿媳的整改意见来干。壁纸好办，用不了几个钱，可那大卧室的实木地板可是价格不菲呀！再说已经给人家截了，能退回去吗？

这天晚上，老马自己闷头喝了半瓶老白干。老伴儿给他做了他爱吃的溜腰花，他也没动几口，他肚子里的气已经饱了。

装修总算接近尾声了，老马看着簇新的房子，自然又想起了他的业余爱好——眼前幻化出了那喜欢的、阔别了一个多月的乒乓球和麻将牌。

这时，一个衣着考究的中年男子进来了，他的到来，要了老马的老命。

他微笑着对老马说，你怎么把我的房子给装了？

老马以为自己的耳朵出了毛病，你说什么！？

中年男子仍微笑着说，你装修的是我的房子。

开什么玩笑！？老马岔了嗓子喊。

中年男子说，我们素不相识，我怎么会与你开玩笑。请问你买的是八零几？

八零一呀！老马理直气壮地说。

这不结了，你装修的是八零二，八零一是对面呀！中年男子仍不失儒雅地说。

老马与中年男子去了售楼处。老马就在售楼处的屋子里眼前一黑倒下了。再也没有醒过来。

医生出据的死亡证明这样写着：急性大面积脑出血。

猎　人

我认识王奎是在一个春天的中午，那时我十来岁，放学回家见家里多了一男一女两个陌生人，男的矮壮，女的精瘦。

他们是夫妻，结婚几年了，女的不生育，是来求父亲看病的。

因为他们从外地慕名而来，又给父亲送上了茅台酒，父亲就留他们在我家吃午饭。

这个矮壮的男人就是王奎。他在一个大型机械厂做工人技师。王奎是个爱说爱玩的人，吃了饭，他就让我领着他去外面转悠。看到雅鲁河，他就说带渔竿来好了，看到树上有许多鸟儿，他就说带猎枪来好了。这也勾起了我的兴趣，我那会儿玩心正盛，就与他搭讪起来，于是就知道了他会打猎的事。王奎说，他枪法极准，打野鸭、打野鸡、打狍子、打野猪，总是一枪一个。他还说他打猎走过很多地方，什么江河湖泡，什么高山峻岭，什么原始森林，好像没有他不知道的。待到他走时，我已经对他很仰慕了。

父亲给王奎媳妇诊了病，说她是气血两亏，须先补气补血，待血气丰盈了，自然就会受孕。于是开了方子，他们就走了。

深秋的一天，王奎一个人带了厚礼来答谢父亲，说他媳妇已经怀上孩子了。当然，这是父亲医术的事，与我无关。但让我高兴的是，王奎还给我也带来了礼物，是一套渔具。那时还没有现在这么高级的渔具，我平时钓鱼，用的就是一根竹竿，而王奎送我的渔竿是可以一节一节插起来的。另外，他还带了一枝进口的双筒猎枪来。

傍晚，王奎背着枪带着我来到小镇郊外。路边脱光了叶子的小树上落满了麻雀，远远望去，就像夏天小树的叶子一样密。麻雀们聚在一起，叽叽喳喳地叫着，像是在讨论着一个什么有趣的话题。

王奎对着小树举起了枪。“轰、轰”的两声巨响，吓得我闭上了眼睛。却听见王奎说，快去捡鸟儿！

我跑过去，嚯！居然有二十多只麻雀躺在小树下。

平时我与小伙伴们用弹弓打鸟，一天也打不到几个，看到王奎这么厉害，心里就把他当英雄一样崇拜了。

那之后的一段日子里，王奎成了我与小伙伴们谈话时炫耀的资本。

第二年的秋天，王奎与他媳妇抱着孩子来了。他的媳妇与孩子都白胖白胖的，王奎却变得又黑又瘦了。当然，他们胖瘦也都与我没关系，让我失望的是，王奎这次没送我礼物，居然也没带猎枪来。

在饭桌上，王奎向我们说起了一件伤心事。

原来，一个月前，王奎利用轮休的机会，带了他刚刚结婚一个月的外甥去兴安岭打猎。王奎说，那天打猎特别顺，打到了几只兔子，还打到了一只梅花鹿。就在他们在一簇马尾松下休息的时候，遇到了一只熊。这让王奎特别兴奋，熊掌、熊胆可是值大钱的。但他知道熊是一枪很难打死的，于是就与外甥讲好，两个人拉开距离打，前边的人打完两枪后就立即后撤，边撤边压子弹，因为熊性情凶猛，是顶着烟儿上的家伙。然后第二个人再接着打，待第二个人打完了，也立即后撤，开始第二轮。直至熊倒下为止。

王奎当然排在前边，他打完两枪后就按计划后撤了。他外甥也按他的吩咐打了两枪后撤到他后边。眼见那熊红了眼疯了似的往上扑，爷儿俩就这样轮着边打边撤。也忘了第几轮了，待到王奎又找好位置端起枪时，恰见熊进入视线，他就毫不犹豫地扣动了扳机。可是，这一枪却把他外甥的脑袋开了瓢。

王奎说，打了多少年的猎了，看得真真切切的是熊啊，可撂倒的却是外甥。而且，那只熊也不见了踪影，真是邪了！

父亲说，年轻人，杀生太多了不好啊！

王奎说，叔，我也是这么想的。处理完外甥的后事，我就把枪砸了。这辈子我再也不打猎了。

阮 缘

邵先生是津门音乐界知名人士，中阮演奏家。家中壁上张挂着数把质量上乘做工精良的中阮。闲暇时，先生捧一杯香茗，慢慢地啜着，却用目光柔柔地去触摸壁上的爱物,仿佛每一件都是一个故事。索性,先生阖上眼,用心与它们交流。

北京一年一度的乐器博览会，先生必去浏览。这一年，先生在博览会的民乐展厅发现了一把与众不同的中阮。这把阮用红木制成，琴头上没有如今时髦的骨雕装饰，琴轴也不是机械铜轴，却显得古朴大气，雅韵横生。先生的目光就定在了这把阮上。看了价位，先生持阮在手，调弦、拨音儿，激越的音符就从先生的指间高山流水般倾泻出来。先生决定买下这把阮。可是，展方却告诉他，这把阮是给京城的一个人订做的。先生就把失望写在了脸上。展方已看出来这是一位行家，就又给了他一个希望，倘若今天下午四点钟订方不来取货，他就有机会得到这把阮。

先生看看表，才上午十点多钟，他对展方说，下午四点我来。

先生就来到街上闲逛，由于心里惦着这把阮，连中午饭也没吃好。

下午四点，先生准时来到展厅，他的眼一亮，那把阮还在。

交了钱，先生特兴奋，就坐在展厅演奏起来，遂引来了一些人围观。这时，一个熟悉的声音在耳畔响起，先生一看，是天津的一位至交老乐友。

乐友说，我大老远儿的就听到了这把阮的声音！我就知道这是一把不可多得的阮！乐友说的有道理，因为展厅里同时还有一些人在试乐器，嘈杂得很，不是行家，是很难分辨清楚的。这也说明这位乐友亦是一位阮的知音。

老乐友把阮捧在手上，看了又看，爱不释手。忽对先生说，你老兄家中已经有那么多品相好，质量高的阮了，您呐，就把这把阮匀给兄弟我吧。

先生知老乐友亦是爱阮懂阮的人，磨不开面子，就匀给了他。

老乐友喜得连连作揖，走，咱哥儿俩找地儿喝两盅去！

一年后，先生得知老乐友中风，去看望，老乐友已说不清楚话，唔噜唔噜地指着壁上挂着的那把阮告诉他，他死后，要带着这把阮进坟墓。先生听了，心里一酸。

又一年后，先生在天津专卖古旧文物的沈阳道溜达，这是一个落叶飘零的深秋，天儿有点凉了，古旧文物散发出来的阴气又重，先生觉得有点冷。正当他打算打道回府的时候，蓦地，他在地摊上发现了一个眼熟的物件，那是一把阮。

拿到手中一看，这正是当年在北京自己买下又匀给老乐友的那把阮！

先生把阮买下抱回了家。

先生给老乐友的儿子打电话：

你没把你爸那把阮陪葬？

嗨！忙乎忘了。

你把它卖了？

呵呵，您知道，我不鼓捣这些玩意儿，在家里放着还占地方，留它干嘛？

先生默默地放下了电话。他抚摸着那把阮，一股似水的悲凉从心底漫起，他想，在老乐友那儿，这把阮就是他的至爱。而在他儿子眼里，这就是一个碍事的破烂儿。那么，是人收藏物，还是物收藏人呢？

医生王冉

吃了晚饭，王冉照例去小区花园散步。溜达了一圈儿，就坐在一张长椅上抽烟休息。这时，那条小花狗就又不知从什么地方跑过来，蹲坐在他对面，瞪着两只乌溜溜的眼睛瞧着他。他对它招手，它就走近来，摇着尾巴舔他的手指。王冉的心就快乐起来。小区花园里散步的人很多，宠物狗也不少，所以，王冉不知道这条小花狗的主人是谁。

王冉十七岁时作为“上山下乡”的知识青年从天津来到呼伦贝尔，在贫苦的农村劳作了几年后，返城学了医，然后在天津一家医院当了一名医生。

王冉喜欢狗，插队那会儿，他就跟老乡要了一条小狗崽儿养着，待到返城时，小狗崽儿已长成一条威猛的大狗。临行，却不见了王冉，有同学说，肯定是跟他的狗告别去了。果然，人们找到王冉时，他正抱着大狗的头落泪。

如今，王冉已接近退休的年龄了，儿子也已在深圳安了家。家中只有老两口，老伴儿也是搞医的，已经退了休。

深秋的一个傍晚，王冉在小区花园里的长椅上坐着抽烟，突然刮起了风下起了小雨，散步的人们就都散了。王冉也站起来准备回家，却蓦地看见小花狗还蹲在他身边，就喊，这是谁的狗？连喊了两声，也没人应。左右一瞭，一个人没有。王冉就问小花狗，你没有主人吗？小花狗就凑近他，直立起来，两只前爪冲他作揖，喉咙里还呜呜地叫着。王冉心里一热，就把它抱起来回了家。

老伴儿见他抱回一条狗，脸子立马就吊了起来。王冉知道老伴儿有洁癖，这之前他曾提议养一条宠物狗，老伴儿是坚决不同意。于是忙说，这不知是谁家的小狗，走丢了。外面下雨，怪可怜的，就让它在咱家呆一宿，明天早晨我下去问问左邻右舍，是谁家的给谁。

说罢，就拿了雨伞出去买了几根火腿肠和两个小塑料盆回来，把火腿肠切了放在一个盆里，另一个盆里盛了清水，招待小花狗吃喝。

老伴儿嘲讽他，你还挺有善心呐。

王冉说，碰上了就是缘分。

第二天一早，王冉抱着小花狗来到小区花园，晨练的人很多，却没有人认领，有人说，这是一条流浪狗。王冉就又把它抱回了家。

老伴儿急了，你是搞医的，狗身上有许多病菌，还到处掉毛。不能要！

王冉说，你说的都对。可它也是一条生命啊！

老伴儿说，我干了一辈子救死扶伤，说这干嘛？你要养它，我走！

王冉也火了，随便！

老伴没有马上走，而是去了另一间卧室，与他分居了。

王冉也不在乎，每天早晚两次领着小花狗遛弯，小花狗也懂事，从不在室内便溺。王冉亲切地称它"花花"。一周给它洗一次澡,晚上他睡床上，花花就睡在床下的一个垫子上。花花还学会了给他叼香烟、叼打火机、叼拖鞋，王冉与花花相处得很快乐。

王冉要到外地去几天，临走，他央求老伴儿，看在过了一辈子的夫妻面上，替他照顾几天花花。老伴儿板着脸答应了。

可是王冉回来，却不见了花花。在他一再追问下，老伴儿说，让她弟弟抱出去送了人。王冉立马就打车去找小舅子，小舅子无奈，只好领他去那个人家，门一开，花花就叫着扑过来，王冉抱起花花，花花眼里有泪，伸出舌头舔他的脸，王冉的视线就模糊了。

老伴儿见他又把花花抱了回来，就坚定地要离他而去了，但不是离婚，是去了深圳的儿子家。

很快地，王冉也到了岁数，办理了退休。

儿子打来电话，说在深圳已经为他买了房子，让他去风和日丽的南国享受晚年。

王冉说，我不能去，我有一条狗，你妈不接受。

儿子说，我知道，我已经给我妈做好工作了，您就带它一块来吧。

王冉就收拾了行李，可是火车不让带宠物。王冉就咬咬牙，花了九千捌百块雇了一辆小客货。

临走，朋友们来饯别，知他为了一条狗多花了那么多钱，就说他傻。

王冉憨憨一笑，说，这是缘分！

幼狐

1979 年秋，在家人的劝说下，我辞去干了九年的铁路大修工作（因这个工种太辛苦——一年到头住在火车头拉着的车厢里四处跑），接父亲班，

到县人民医院工作。1980 年春，我做为年轻人，被抽调到县医院农场去抗旱。

农场距县城很远，那会儿的路况也不好，我们乘坐一辆解放牌大卡车跑了大半天才到。说是农场，其实就是当地生产队给医院的一块地。医院每年春天派人来，在当地生产队的协助下把地种上，到秋天收获了粮食卖掉，然后用卖粮食得来的钱给职工搞福利。我们到时，生产队的地早已经种完了，玉米苗也已经一拃高了。医院之所以迟迟才派我们来，是等雨来着，却没想到这年春天大旱，等到五月中旬了还一滴雨没下。时令不待人，再不种就过了节气了。我们种的农作物是玉米，面对干旱，我们也采用当地农民的办法——坐水种，具体的做法是：马车上拉一铁皮焊的水箱，里面装满了水，然后把马车赶到地头，然后在地垄上一埯儿一埯儿的刨坑，撒入种子，然后装水的马车循序渐进，把每一个埯儿都灌满水，再培上土，就成了。

到农场干活的第二天下午，我们播种的地方（在地头的位置）出现了一片生着低矮灌木的坟地。我们随马车接近地头时，有人惊呼："快看，狐狸！"

大家循声望去，一只半大的草狐狸正蹲坐在一个小丘上很惬意地晒太阳。众人发一声喊，那只小狐狸受了惊，就敏捷地跳起来钻进了洞里。大家就围过去，发现刚才小狐狸晒太阳的小丘下面居然有方向不同的五个洞口。不知是谁喊了一声："捉活的！"大家就都冲上去，用手里拎着的铁锹把五个洞口给封住了。

我们带队的是医院行政办公室的范主任，他命令赶马车的农民把水车赶过来，可那农民不听他的，坚决不干。无奈，他就自己过去把马车赶了过来，范主任曾是第一批下乡插队的知青，他在农村赶过马车。

本来，大家对干农活没有什么兴趣，但现在却都很兴奋。于是，在范主任的指挥下，一个人就把水车上的橡皮水管子拽过来，选了一个洞口，往里放水。一车水放了大半的时候，那四个洞口的其中一个洞口就传来了“呜呜”声和用爪子挠铁锹的声音，大家愈加兴奋起来，范主任沉着指挥，让传来声音那个洞口的持铁锹人把铁锹闪开一半，同时安排我和另一个人分左右守住洞口，一旦狐狸出现，立即捕捉。

刚才晒太阳的那个小狐狸从洞穴里露出了头，我一把掐住了它的脖子，捉住了它。

范主任让我把小狐狸送回驻地。

我抱着小狐狸走在回驻地的路上，它在我的手中挣扎，还发出了一股很难闻的气味儿，我发现它的心“咚咚咚”跳得很快，我紧紧地抱住它，回到驻地，我就找了一个柳条编的大筐把它扣在了里面，上面压了一块石头。

晚上收工回来，范主任让人把我们吃的饭给它拨了一些，它不吃。有人说，狐狸吃活物，我们就拿上手电筒出去到老百姓家的屋檐底下掏了麻雀崽子给它吃，它还是不吃。我们就洗洗脚睡觉了。

第二天一大早，我们驻地的生产队长来了。这是一个毛系发达的中年汉子，说话有点结巴，他绷着脸用毋庸置疑的口吻对范主任说：“把、把、把狐狸放了。”

范主任是个有些城府的人，他盯着生产队长，点燃了一支烟，虽然不说话，眼神儿却分明在问：“为什么？”

生产队长说：“俺们这、这屯子几、几辈人都——与狐狸和睦相处，你们既、既然在俺——们这疙瘩种、种地，就、就应该尊、尊——重俺们，就不、不能伤——害它们。”

范主任似笑非笑地说：“我要是不放呢？”生产队长说：“那、那俺——们就、就不出车给你——们拉、拉水了。”

范主任捻着下颏那几根稀稀楞楞的黄胡须，思忖了一会儿，对我说：“小李子，一会儿你去把狐狸放了吧。”

我抱着小狐狸来到了野外的一片荒山坡下，它的心还是那样“咚咚咚”的跳着，我把它放在地上，对它说：“你回家吧。”

它先是一步一回头地慢慢走，眼神儿露着怯意和温柔，然后突然加快了步子，一眨眼就不见了。

吃罢了早饭，我们正准备出工，原来晌晴的天却突然阴得很黑，接着就下起了小到中雨。大家都欢呼起来，哈哈，下雨了就不用我们再抗旱了！

范主任用很有城府的眼光看了看我们，说：“今天雨休。打扑克！”

订婚礼单

周六晚上，老伴儿接一电话，是她住在乡下的两姨兄弟广仁打来的，说周日他的二儿子订婚，要老伴儿和我必须去参加。说我们是城里人，去

了给他们装装门面，尤其是我，好歹是个作家，那订婚礼单由我来写那才带劲儿。

老伴儿的姑舅、两姨兄弟姐妹很多，差不多有二十几个，独广仁与我们走动得近。他是个老实巴交的乡下人，原来只是种地，前几年又包了一块山场，养了一群羊，听说日子过得还可以。

早晨起来，发现入冬以来第一场大雪正纷纷扬扬下得热闹，老伴儿打电话给客运站的姐妹订票，回说因大雪停运。我说，那就别去了。老伴儿说，那哪行，答应了就得去。无奈，我只好打电话求一位当领导的朋友给出了一台越野车。

上午十点钟，我们来到了一个叫雅尔根楚的小镇。在一家叫“聚缘”的饭店门口，广仁和他媳妇正焦急地等着我们。

娘家且（客）已来了，广仁这头的亲属正陪着喝茶吃糖嗑瓜子聊天儿。互相介绍了，把我们让到了靠里面的一个单间，点上烟，倒上茶，广仁就把一张红纸摆在了我的面前。广仁又出去了一趟，就把介绍人和儿子对象的母亲——他的亲家母带到了我的身边。

广仁说，大姐夫，你写吧。

我说，我还从来没写过这玩艺儿。

广仁说，我叫你咋写你咋写。

就把红纸裁了，约长 60 厘米、宽 30 厘米，然后对折回来，在折缝处先写上大写的年月日，接着在左右写一式两份的订婚礼单。

广仁说，我就写。

XXX 与 XXX 订婚礼单：

人民币十二万元，现付两万，余十万婚前一次性付清。

山场 700 亩、带山场所有树木及房屋两间。

土地 30 亩（写到此处广仁与亲家母说，我就剩下这点地了，给我留点行不，亲家母脸一绷，不容置疑地说，不行！）。

广仁就有点难堪,咧嘴苦笑了一下,说,行行,就这样。那什么,大姐夫,你再写上——我现在住的房子加院套。

我有些不解，插问，那你们老两口儿上哪儿住?

广仁支支吾吾地说，我、我——再想办法。

那亲家母听我这样说，不乐意了，说，俺们不让他盖新房就不错了。那你孩子结婚你让他住露天地儿呀?！

这句话噎得我直艮喽。我真想造她几句，老妖婆，你这哪是嫁女儿，分明是在卖女儿嘛！但这种场合，我得忍着。要吵起来，岂不坏了广仁儿子的好事。

介绍人拿手在后面捅了我的腰一下，说，是这个理儿，是这个理儿，你就写吧。

写罢。介绍人与中间人都签了名，然后把那张红纸从折缝处一扯两半，男女双方各执一份，这个仪式就算结束。就安排入席。六大桌，每桌的标准是288元（不包括香烟酒水）。

广仁媳妇点了十四个菜，亲家母就又挑理了，大喜的日子，咋就不会整个吉祥数?广仁媳妇赶忙陪笑脸，又加了两个菜，凑成十六个菜，取六六大顺的意思，亲家母这才多云转晴，不说什么了。

我不爱凑热闹，找了个边桌坐了，广仁非得拽我去陪娘家且（客），我坚决地拒绝了。我说，瞧你亲家母那德性，我烦！让你大姐去吧。

我这桌挨着坐的是个三十啷当岁的年轻人，与他攀谈，他说，现在农村就这样，年轻人结婚都擎现成的，哪个也都不少要。只要结了婚，啥也不干也能无忧无虑地活一阵子。我问，那就不管老人啦?他说，那得看关系处得咋样了，不管你也没辙。我说，你结婚也是这样?他笑了，我结婚七八年了，只花了几万。不过，那会儿钱实呀!

开席之后,广仁安排他能喝酒的一个连桥（连襟）去主陪娘家且（客），然后就坐到我这桌来陪我。

广仁年轻时浓眉大眼，长得精神，如今五十刚过就已显出老态了，头发花白了，背驼了，脸上也抽巴得尽是褶子。

想想刚才写礼单的事，我有些来气，就问广仁，你把什么都给了他们，你们老两口今后咋生活呀？

广仁深深地叹了一口气，大姐夫，俺们这疙瘩就这风气，不管你有没有，家家攀比着都这样。前几年给老大娶媳妇，花了十多万，结了婚两口子就都在外面打工，啥也指不上不说，这不，听说我给老二订婚花了这么多，老大媳妇还要回来说道说道呐！广仁说着，端起一杯酒一饮而尽，放下酒杯，我看到他眼圈儿有些泛红，然后像是对我，又像是自言自语地说，嗐，人活着就是这么回事儿，一辈儿一辈儿往下混呗，我家在这屯子也是老户了，咱不能让孩子没面子，让人家笑话呀！

听他这样说，我的心里就更犯堵，这都什么时代了，咋还这样啊？这他妈不是跟买卖婚姻一个样吗？就说，你这不是死要面子活受罪吗？你俩辛辛苦苦了一辈子，到老了闹个两手空空，靠啥活着？活个啥意思呀？

广仁说，我跟你弟妹还有三十只大羊，三十只羊羔，等明年开春儿，我们就去山根儿底下压个小房，嗐，农村咋着都能对付活着……

回程路上，雪停了，阳光照耀着银白色的山山岭岭，煞是壮观。然我的心情却仍很沉重，我的眼前叠印着广仁那张皱纹纵横抽巴得像一张苦瓜的脸，一个像吊车的大钩子般粗大的问号反复在脑海中晃动：难道底层人活着只是为了尽责任和义务吗？

我是个杀人犯

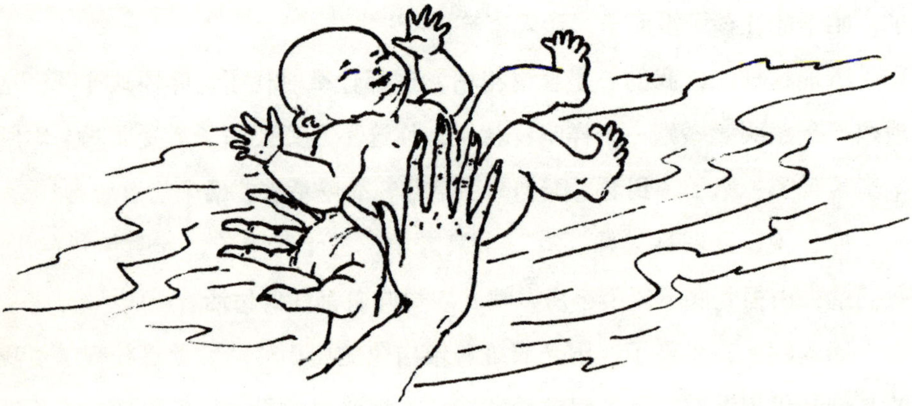

听我说，既然你打算娶我，那我就必须把埋藏在心里多年的一个秘密先跟你讲清楚，你最好是先听完了再做决定。

你说呗！咱俩儿从小是邻居，抬头不见低头见的，长大后又都没离开过这个镇子。谁家有啥事不知道？你们家姐儿五个个个美丽动人，是镇子上有名的五朵金花。年轻时我追求过你，你嫌我家穷，嫌我没工作，不干。后来你嫁了个来做生意的南方人，那小子发达了又把你踹了。这些年你一直领着女儿生活。我呢，自从被你伤了自尊以后发愤图强，考上了警校，当上了警察，要不是我那老婆得了乳腺癌没了，咱们也就不会有今天这个机会了。我认为咱俩彼此熟悉得就像左右手，我还真就不信你能有啥秘密我不知道？

那可不一定。你得有个思想准备，我说出来你没准儿就吓跑了。

嗨，别忘了我是警察。胆儿小能当警察吗？你说！

正因为你是警察，我才必须告诉你。听好了——我是个杀人犯！

瞧瞧，让你少喝，你非得说好喝，喝高了不是？这牛栏山二锅头劲儿可大着呢！

嘁！我的酒量你也不是不知道，这点儿小酒儿，毛毛雨。

那也不能什么玩笑都开呀？

谁开玩笑啦？去，喊服务员再上一瓶酒，听我慢慢地、细细地跟你说，听完了，你该抓就抓，该押就押。你不是警察吗？可不能为了娶一个半老的女人就徇私枉法，耽误了前程。

那你就说吧，我听着。

你知道，咱们这茬人命不济，生出来就挨饿，上学就赶上“文革”。我十二岁那年发生了一件事，让我成了杀人犯，你想都想不到吧？

哈哈，扯淡！十二岁的小丫头片子能杀人？你杀了谁？

别打岔，好好听着！

我十岁那年，我爸被整成“内人党”，在监狱里被活活打死了。我妈本来就有肺病，闻噩耗悲愤交集，犯了老病，吐了半脸盆子血，没几天也跟着我爸走了。我家的天塌了。接着，大姐二姐下乡插队，三姐四姐被二叔接走抚养，大哥那会儿刚结了婚，我就在大哥家吃住、上学。原本好好的一个家就这样四分五散了。

嗐，这些事我知道。

你说我们姐儿五个都漂亮，这不假。但最水灵的是二姐，样板戏《杜鹃山》你还记得吧？二姐长得多像戏里那个“柯湘”啊！

没错。

二姐插队的地方是个穷山沟,那会儿农村让“大跃进”折腾得贫穷落后，农活儿又苦又累。二姐要强能干，样样活计都不比别人差。那也不得好儿，因为我们是反革命家属嘛。二姐还能歌善舞，知青演文艺节目时，那个大队的支书相中了二姐。支书已经四十多岁了,有老婆有孩儿。但他长得不错，能说会道，他盯上了二姐，一次次找二姐谈话，帮助和再教育二姐。这样过了一段时间，他就把二姐塑造成了一个改造好了的反革命子女的典型。他发展二姐入了党，又提二姐当了妇联主任。把二姐从水深火热中解放了出来。这些都是二姐过年回来跟大哥说时，我顺便听到的。

我十二岁那年冬天，大哥生了病，他是铁路职工，去铁路局医院住院，大嫂陪护,我一个人在家。二姐回来了,我发现二姐胖了,走路很笨的样子。二姐说，给大队办点事，顺便在家呆几天。我很高兴，二姐来了就不用我自己做饭了。

那天晚上我放学回家，被一个从未见过的场面惊呆了，——二姐躺在地板上，脸像纸一样白，地板上全是血，血泊中一个婴儿正踢蹬着小腿儿哇哇地哭叫——

我傻了，怔怔地看着这一切。

二姐有气无力地说，老妹儿，帮姐一个忙……

我站着没动。因为我不知道她要我做什么。

看我像个傻子似的戳在那儿，二姐急了，指着血泊中那个婴儿大声说，快把他扔到厕所去！一会儿大哥大嫂就回来了。

我吓了一跳，但我还是听从了二姐的吩咐，我到厨房找来装煤的土筐，用煤铲子把那个婴儿撮了进去。做着这一切的时候，我的心在嘭嘭地跳，手也像冻麻了似的不好使，然后我拎着土筐跑出去，在寒风的呼号声中把筐中那个仍在啼哭的婴儿丢进了公厕深深的粪坑里。

我回到家，二姐正在吃力的清理地板上的血迹，我要帮她，她却不让我伸手。我看到二姐惨白的脸上布满了细密的汗珠儿，我心疼她，给她倒了一杯白开水，她接过去，坐在炕沿边上攥着我的手说，老妹儿，记住！这个秘密只能咱姐俩儿知道，跟谁都不能说。

那天半夜，大哥大嫂回来了，他们什么也没看出来。

二姐在家又呆了两天，就回大队了。

我恪守了这个秘密。

可是随着年龄的增长，尤其是我结了婚，有了孩子之后，每当想起那个秘密，罪恶感就像潮水一般淹没吞噬了我的心。于是，我常常做噩梦，噩梦中总有那个婴儿哭喊的场景，哦！那是一条鲜活的生命啊！二姐，还有我，当时怎么就那么狠心呐！

你知道，我头一胎生的是个男孩儿，那是个白胖小子，眉眼儿周正，眼珠儿漆黑漆黑的，看着很健康的样子。有句老话叫三爬六坐，可他六个月了还不会坐，但他也不怎么哭闹，一天一天的就那样躺着把小手举到眼前摆弄着。一天，我去粮店买粮，就一会儿的工夫，他就莫名其妙地死去了。我突然明白了，他就是我扔到厕所里的那个屈死的孩子！他把小手举到眼前摆弄，那是在数日子。我这是报应啊！

那段日子，我天天去焚烧他的河边哭泣，边哭边想，我也不想活了。活着有啥意思？那个南蛮子看出来了，就安排了个人看着我。

就是现在，我仍恨自己的双手，我觉得它们是罪恶的，是不洁的。有时，我用肥皂拼命地洗，也觉得洗不干净。有时，我恨不得拿菜刀把它们剁下来……

唉！事过多年，你也不要总把这件事搁在心上了，你那时候还是个孩子，你懂什么呀？呶，给你纸巾，看你眼睛都哭肿了。其实，要追究责任，二姐是应负责任的，可二姐也是那个时代的受害者呀！

这一点我也想过，我有时也替自己辩解：那个时代就是一个噩梦的时代。可我毕竟是女人，我的心永远不会原谅我曾经做过的那件事……

我的秘密讲完了，你看着办吧。

细胞的记忆

她叫孙玥。当年，她与李煜在省城师范学院是同学。本来，她家在省城，毕业后是可以留在省城的。但她为了爱情，还是与李煜一起分配到这座城市的一所中学任教。她教语文，李煜教历史。因为他们在师院上学时就已确立了恋爱关系,所以工作不久就结了婚。婚后,他们一直相亲相爱着。很快地，他们就有了一个天使般的女儿。

孙玥是学校里公认的气质美女,颀长的腿儿,细细的腰儿,饱满的胸脯,象牙的肤色，一头烫过的秀发打着旋儿泄在肩上，她说一口纯正的普通话，举止贤淑，让谁见了都赏心悦目。

她做事认真，课讲得好，连续几年被评为市级优秀教师。她还爱好文娱活动，唱歌跳舞样样都出类拔萃。逢年过节学校里搞文娱活动，少了她那就塌了半个台。

然而命运之神是喜怒无常的，就是这样一位让领导喜欢、学生们爱戴的可爱的女性，却在两年前患上了乳腺癌。在当地确诊后，李煜陪着她去北京又作了进一步的检查，医生说，必须手术。于是，住院，切掉了左乳。手术前，在李煜的提议下，他们去一家影楼留下了永久的纪念。别说李煜，就是她自己，也舍不得那对美妙绝伦的乳房啊!

可是一年后，孙玥的病情仍继续发展，李煜又不得不陪她第二次进京，这次是切掉了右乳。

想想，人生实在是太残酷了。

然而，孙玥并没有被残酷的现实所击倒。出院后，她一面接受化疗，一面坚持给学生们上课。乳房没有了，她就戴了一副厚厚的胸罩。不知情的人看来，她依然亭亭玉立，青春洋溢。校领导关切地找她谈话，让她在家好好休息。她说，我离不开我的学生们，我知道我的时间不多了，就让我做到哪儿算哪儿吧。说完这句话，她微笑着冲校领导鞠了一躬，校领导却都哭了。

孙玥的不幸对李煜的打击可想而知，他心疼她，本不想让她上班了。可他了解她的性格，她是那种外柔内刚的女人，她在家闷着也许更痛苦。

他曾不止一次发现她躲在卧室里伤心地偷偷哭泣，见他回来，便擦把脸，换上笑脸儿与他说话。他爱她,并打心里尊重她。就把家务活儿全包了下来。好在女儿已上小学了，生活上也能自理。

接下来的日子里，孙玥化疗把头发也化掉了，就买了个假发套戴着。李煜忧愁得一头乌发全白了。他就任由它那样白着。

就这样，可恶的癌细胞仍不放过孙玥，它又侵占了孙玥的淋巴系统。

孙玥坚持不住了，住进了医院。

大家都知道孙玥的日子不多了。校领导、同事和孙玥教的孩子们都不断地来看望她。人们知道她已吃不下什么东西，就把一簇簇鲜花摆放在她的床前，孙玥安卧在鲜花丛中，亦看不出有多么的痛苦。她仍微笑着面对领导和同事的问候，她拉着学生们的手殷殷地嘱咐他们努力学习做个对社会有用的人。

李煜把女儿托付给了亲戚照看，整天整夜地在病房里陪着她。

晚上，在静谧的病房里，孙玥与李煜手拉着手悄悄地说话儿，说到他们的初识，那是学校组织的一场知识竞赛，他们都拿到了很好的名次。说到他们的相恋，孙玥的眼睛又恢复了少女时的明亮。这时，李煜的心就像刀割似的疼。说着,说着,就说到了面临的现实,俩人都长长地叹了一口气,然后默默地流泪。末了，孙玥幽幽地说，她要把她的眼角膜捐给小区里那个眼角膜变性的女孩儿。李煜也认识那个女孩儿，那是一个很文静的女孩儿，二十五六岁的样子，长得也很端庄，只是因视力不好而没有工作。李煜和孙玥在小区的花园里常见到女孩儿的母亲陪着她散步。那会儿，他们都为造物主的不公而为女孩儿惋惜。女孩儿的母亲告诉他们，平时，女孩儿就整天在家里学着写诗,弹钢琴。这些他们也知道,他和孙玥晚上散步时,常能听到她优美而哀婉的琴声。

李煜知道，孙玥决定了的事没有商量余地，她告诉他，是让他尊重她的决定。

李煜是受过高等教育的现代人，他没有理由不尊重她的决定。

于是，李煜通知了院方、市红十字会、去公证处找来了公证人。按法律程序办理了捐赠手续。

在一个春雨潇潇的夜晚，孙玥走完了她短暂的人生之路。

按着她的遗愿，她的眼角膜成功地移植给了小区里的那个女孩儿。

两个月后的一天傍晚，吃罢晚饭，李煜拾掇了碗筷，陪着女儿写作业，小区里那个重见光明的女孩儿捧着一束鲜花来了。

教历史的人都有点儿愚，李煜愣愣地看着女孩儿，扎撒着手，不去接过鲜花，也不说请她坐。他觉得女孩儿已经不是原来那个女孩儿——怎么看都像他的孙玥——尤其是那双眼睛——是那么的熟悉。一股热流从心里涌上来，他的眼睛湿润了。

女孩儿把鲜花插到茶几上的一只陶瓷花瓶里，转过身来面对着李煜，她的眼睛里也起了雾。她说，李老师，我也不知是怎么回事，自从移植了姐姐的眼角膜，我心里常常不自觉地想到你和你的女儿。有时正做着什么事，突然的就会想起你们，而且有一种很强烈的想见到你们的愿望。

正在写作业的女儿听到这里，喊了一声“我想妈妈……”便哭了起来。大女孩儿就抱起了小女孩儿，一边流着泪一边亲吻她，小女孩儿也一点儿不陌生，温柔地伏在大女孩儿的怀里。

李煜看到女儿伤心，心里更难过。他想把女儿抱过来。女儿不干，却伸出一只小手把他也拽了过去。

体面与尊严

刘星是省速滑队的健将。经常参加全国乃至国外的赛事。在俄罗斯和东欧一些国家曾拿过很有名次的大奖。省里一家广告公司还以“耀眼的流星”为他拍过公益广告。画面上的他，像雄鹰一样在冰面上翱翔。

运动员的身体素质都好，刘星也不例外。他从小就爱好体育，十来岁就到体校学滑冰，因此两腿的肌肉特别发达。由于经常锻炼，他的肺活量也很大。在他的记忆里，从来没有生过什么病，就是感冒都没得过。他感觉自己的身体就像石头一样结实。在运动场上，他经常一身大汗地坐在冰上换鞋，因为他的事业就在冰上，他愿意近距离地与冰接触，他觉得那样很亲切、很舒服。

可是现在刘星却躺在了 Ca 病房的病床上，三十一岁的他得了直肠癌。

妻子小他四岁，儿子才两岁。

习惯了鲜花和掌声的刘星仿佛被当头一棒打出了正常的生活轨道。

医生与他谈了，要想维持生命，就必需作手术。

一个堂堂男子汉，做手术他并不怕。可是当他了解了手术的全过程，他在心里哭了。

手术的过程是：把病变的直肠切掉一段，然后改道，在腹部开一创口，把剩下的那段直肠从腹部的创口接出来。由于没有了肛门括约肌的制约，随时有粪便排出，所以必须在身上（腹部的创口处）戴上一个承接粪便的工具。

一贯干净利落的刘星实在接受不了命运的这种重新安排。

他问医生，难道就没有别的办法了?

医生苦笑着耸耸肩，这种手术按病变的部位而定，有的人可以不改道，但你病变的部位却必需改道，别无选择。

巨大的痛苦馒住了刘星那颗年轻的心。

他想，那样活着多窝囊啊！那样活着还有一个人的体面和尊严吗?！

医生和护士也都是很讲人道主义的，他们做他的思想工作，对他讲，也是他这样的病例，某某活了多少多少年，某某比他还严重，也活了几年几年。

他感谢医生护士的好心，但仔细想想，却怎么也接受不了那种现实。

他固执地认为，那样活着，不如死去。

妻子是个温柔贤淑的女人，这些天已哭肿了眼睛。她劝他、安慰他，说不管他怎样，她都会照顾他，伺候他。

妻子愈是这样，他愈是不想连累她。也不全是连累，如果是别的病，比如腿断了，胳臂折了，他可以接受妻子的爱心，可这种病……

他爱她。所以他更不想在妻子——这个最亲的亲人面前失去体面和尊严。

他打定了主意。

他对医生说自己夜里常常失眠，要医生给他开点安眠镇静的药。

医生是理解病人的，但安眠药是不能多开的，医生给他开了 24 片 valium。

他把药偷偷藏了起来。

过了几天，他说镇静药吃完了，还是失眠，又让医生开，医生就又给他开了 24 片。

他终于攒够了数量。

那天晚上，妻子回家前，他当着病友的面吻了她。

妻子走后，他洗了澡，认真地刮了脸，脱掉了病号服，换上了一套他喜爱的运动服，把攒了多日的安眠药一口吞下，然后平静地躺到了病床上……

迷迷糊糊间，幻觉出现了，他看到了一片蔚蓝的冰面，和自己在冰面上驰骋的身影……他安静地睡了，嘴角露出了一丝微笑。